# 开普勒62号

[芬兰]提莫·帕维拉 著 [芬兰]帕西·皮特卡能 绘 冷聿涵 译

3

## 旅行

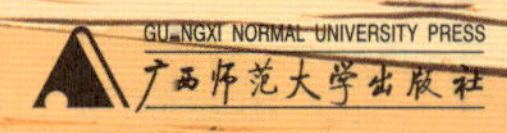


·桂林·

LÜXING
旅行

出版统筹：汤文辉　　责任编辑：王芝楠
品牌总监：耿　磊　　美术编辑：刘冬敏
选题策划：耿　磊　王芝楠　　营销编辑：董　薇
责任技编：王增元　郭　鹏　　版权联络：郭晓晨　张立飞



著作权合同登记号桂图登字：20-2019-151 号

**图书在版编目（CIP）数据**

旅行 /（芬）提莫·帕维拉著；（芬）帕西·皮特卡能绘；冷聿涵译．—桂林：广西师范大学出版社，2021.3
（开普勒 62 号；3）
ISBN 978-7-5598-3552-9

Ⅰ．①旅…　Ⅱ．①提…　②帕…　③冷…　Ⅲ．①儿童小说—幻想小说—芬兰—现代　Ⅳ．①I531.84

中国版本图书馆 CIP 数据核字（2021）第 006829 号

广西师范大学出版社出版发行
（广西桂林市五里店路 9 号　邮政编码：541004
网址：http://www.bbtpress.com）
出版人：黄轩庄
全国新华书店经销
保定市中画美凯印刷有限公司印刷
（河北省保定市西三环 1566 号　邮政编码：071000）
开本：880 mm × 1 240 mm　1/32
印张：5　　字数：90 千字
2021 年 3 月第 1 版　　2021 年 3 月第 1 次印刷
定价：45.00 元

# 开普勒62号

# 旅行

# 开普勒

# 62号

旅行

# 目录

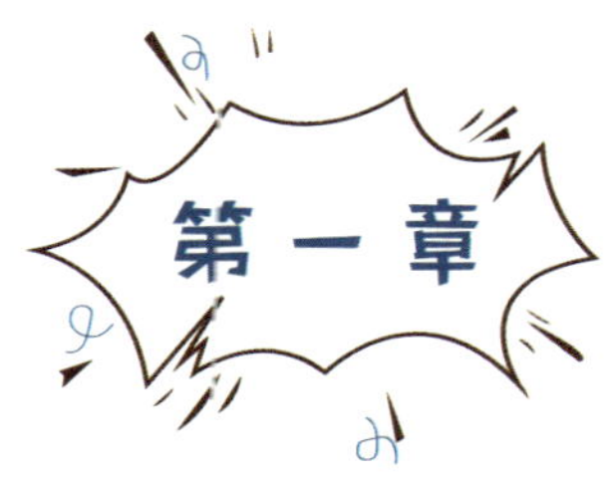


# 第一章

“你害怕吗？”

“当然不怕了。有什么可怕的呀？”

“唉，我只是在想，我们马上要离开地球，去往一个很远很远的地方，之前从没有别人去过那里，而且最重要的是，我们不会再回来了。这次旅行还是很危险的，我们要一直躺在太空玻璃舱里睡觉，说不定要睡上好几年才能到达目的地呢，而且我们还不知道在那里等待着我们的会是什么，所以，我真的……”

“害怕。”

“没错。”

阿里双手抱着乔尼，生病的乔尼就像瓷器般脆弱。乔尼呼吸时的微弱气息打在阿里的脸上，让阿里充满了担忧。

“英雄们！你们是勇敢的战士！你们值得所有人为你们欢呼！”林威斯托将军激动地挥舞着双手，墙上的电子屏幕里出现了今天的新闻头条，阿里、乔尼以及其他几个小孩子的照片被刊登在首页。这些照片都是在他们接受训练的时候照的，那个时候他们在试用为他们每个人量身定制的装备：腰带、头盔和面具。就在他们手忙脚乱试用的时候，周围突然出现了拿着摄像机的摄影师，把他们吓了一跳。现在他们总算知道当时为什么会出现摄影师了。阿里看着大屏幕里的照片，挂在手臂上的头盔看起来十分酷，每一个装备上都印有联邦的专属标志，很有庄严感。照片里十二个人的表情是同样的坚定，似乎对这趟未知的旅程充满了信心。

“那个挪威女孩到哪里去了？”乔尼凑到阿里耳边问道。

阿里环视四周。十一个人！玛丽不见了，在这个纯白色的礼堂里只有他们十一个人。

阿里耸了耸肩，并不觉得奇怪，在他看来，女孩子和男孩子相比总是有些不同之处。也许玛丽正在执行某项秘密任务吧，或者她只是觉得开会太无聊了所以才不想来。不过，根据规定，每一个人都不可以缺席会议，在训练营这里，没有什么是可以自己选择不参加的。有传言说玛丽被单独关起来了，因为她躲开监控跑到了楼下的某个秘密研究室，甚至在那里见到了外星生物，更可怕的是，那个外星生物还扰乱了她的意识。这是怎么做到的呢？难道是像熬粥一样，用勺子在锅里不停地搅拌？唔……人类的大脑可真是脆弱啊！

“你们是全世界的希望！你们瘦弱的肩膀上承载的是整个人类的未来。你们是精英中的精英，要在人类从未踏足过的外星球上开辟出一片新天地，寻找生活的希望。”

林威斯托将军面带微笑，慈祥地注视着大家。他的目光在所有人的脸上都做了短暂的停留，至少阿里他们是这么认为的。也有可能是这位年长的将军视力衰弱，看不清大家的面孔，只能慢吞吞地一个一个看过去。

一个年轻的士兵出现在礼堂的门口，他朝将军点点头。将军向底下坐着的孩子们挥挥手，像是在致敬。

“拯救人类的时间到了。祝你们好运，我的孩子。”

十一个人的队伍受到了人们的热烈欢呼，人们挥舞着手中的旗帜，大声地呼喊着，仿佛在用这种方式为远征的“战士们”送行。年轻的“战士们”坐上了敞篷吉普车，伴随着欢呼声，向着飞机场跑道尽头的巨大金属“怪物”前进。航天飞机已经加满了燃料，准备好起飞了，它会把孩子们送到空间站 ISS4 号，在那里联邦护卫队的飞船会带着孩子们奔向目的地。这三艘飞船分别以哥伦布首航美洲舰队的三艘帆船命名：圣玛利亚号、尼尼亚号和平塔号。

阿里

“玛丽不去了吗？”阿里下车后，询问走在他旁边的奥利维亚。

“她已经在航天飞机上了。”奥利维亚中尉简短地回答道，同时避免和阿里进行眼神接触。

阿里点点头，不再说话，只是专注地看着聚集在道路两旁的人们。

对于普通人来说，这一定是人生中第一次被放行到 51 区内，踏足这片神秘的领域。当然，即使是进来了，他们也不可以自由行动或者到处参观，观众的活动范围被两圈铁丝护栏网牢牢锁住，两圈护栏网之间留有 20 米的距离，建造了一圈观众席。此刻，观众席上坐满了人，所有人都十分关注这个大项目。联邦护卫队和孩子们即将踏上寻找新大陆的旅途。

阿里好不容易在一群飞扬的旗帜中找到了芬兰国旗，他想，是谁正在观众席上挥舞它呢?

“我觉得那是妈妈。”乔尼悄悄说道，他也看见了芬兰国旗。

“不可能，她可没钱坐飞机来到这里。”

“也许是联邦把她带过来的，毕竟联邦都能把我们俩带到这里来。他们无所不能。”乔尼坚持道。

“不可能。”阿里接着反驳道，然而视线还是不停地在观众席上搜寻，想要找到那个挥舞着芬兰国旗的人。不过，阿里一直在做无用功，他离观众席太远了，根本看不清人脸。

“妈妈一定是在家看电视直播呢，据说全世界的人都在关注着我们。”乔尼的声音听起来十分虚弱，由于一直服用药物，他体内的病毒暂时得到了控制，但是如今的乔尼再也无法像以前一样活蹦乱跳了。

“我也觉得妈妈一定是在家看着我们呢。”阿里认同道，“据说，联邦已经提前征得了我们所有人的父母的同意，这样我们才可以参加这个项目。这并不奇怪，父母总是希望他们的孩子永远得到最好的东西。而且，这些父母也很幸运，我们得到了这个去外星球的机会，那么联邦就会在以后的日子里一直照顾我们的家人。”

“你相信这些话吗？”乔尼问道。

阿里咽了口唾沫，用眼角的余光瞥了一眼乔尼。不，他当然不相信联邦故意透露出来的这些鬼话。在训练期间，有位教官一直在向他们灌输刚才的这些话。阿里觉得，这都只是教官的猜想而已，完全无从证实。

“我当然相信了。妈妈一定会为我们感到高兴的。”

“你还记得出现在妈妈眼中的闪光吗？”乔尼小声问道。

“我们当时一定是搞错了。那只是……只是……天花板吊灯的反光。”阿里不禁握紧了乔尼的手臂。

“或许……是眼泪。”乔尼严肃地说道。

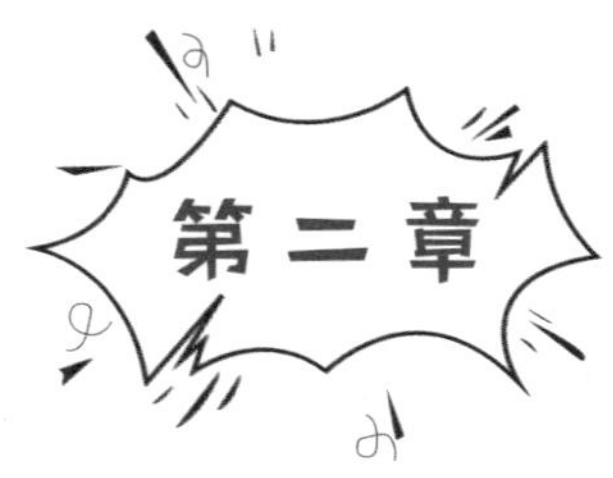

# 第二章

“嘶——嘶——嘶——”各种又粗又厚的管道开始震动，空中高高悬挂的太阳发出刺眼的光芒，把金灿灿的阳光投射到航天飞机的两侧和机翼上，让原本冰冷的金属也染上了炫目的色彩。走近去看，就会发现，即将发射的这架航天飞机，所用的材料竟然十分日常化，就像一辆旧公交车被工作人员拖到这里摆放成直立的样子。“公交车”的外壳上布满了划痕以及大块的泥点子，在阳光的照射下一览无余。

阿里努力想要看清其他人的神情。奥利维亚还是如往常一样面无表情，作为51区的工作人员，她一定已经目睹过上千次航天飞机发射的场景了。她也是队伍中年纪最大的人，负责带领整个由十几岁的孩子组成的探险队伍。阿里到现在也不知道奥利维亚到底是真正的人类还是机器人。乔尼瞪圆了眼睛打量着眼前巨大的航天飞机。韩国男孩敏俊正板着一张脸，让人猜不透他在想什么。加拿大女孩丽萨则下意

识地抬手捂住自己由于惊讶而张大的嘴。阿里还来不及观察更多人的表情，他们便来到了航天飞机的附近。一些身穿灰色连体制服的工作人员奔到他们旁边，进行一系列的准备工作。

如果他们还在等待一场更加盛大的欢送仪式的话，恐怕结果会让他们失望。他们就像是即将被拉到屠宰场的待宰的羔羊，被赶进一部不停晃动的电梯里，伴随着“咔啦”声，一路升到航天飞机的顶端。

乔尼伸出手指着视线前方的一片广阔的荒原，以及格外显眼的白色飞机跑道，那跑道就像是一根被烈日暴晒至褪色的巨型野兽骨头。

“看仔细点。这是你最后一次欣赏地球的景色了。”阿里提醒道。

“我可不会想念这里。”乔尼说。

乔尼没有撒谎，这片烈日下的荒地并没有什么看头，也不会引起他的思乡之情，这只是一片普通的荒地而已。而值得提到的是，整个地球上仅剩的土地正在不可避免地变成同样的荒地。

站在航天飞机机舱门口的阿里扭头看向远方的观众席，距离实在是太远了，远处的观众在他的眼中变成了一个个黑点。突如其来的狂风卷起一层地上的沙子扬在空中，炽热的阳光威力不减半分，即使是戴着头盔，阿里仍感到目眩。阿里仰起脸直对着烈日，闭上眼睛，似乎在感受阳光的温度。然而头盔隔绝了大部分的阳光，并且自动调节了温度，让阿里只感受到一阵清凉。

最终，阿里转过身，踏进了航天飞机。

天花板上的一排照明灯有节奏地闪烁着，就像是应和人类心脏跳动的节拍。他们系好安全带坐在硬硬的座位上，感到十分不舒服，十二个座位上只坐了十一个人，还有一个位置是空的。然而现在他们已经知道玛丽在哪里了，或者说，他们认为自己已经知道了。每一个人都已经注意到机舱里放着一个胶囊状的玻璃舱，它被牢牢地固定在机舱尾部的地板上，就像是一个玻璃箱。培训期间，每个人都曾体验过躺在那里面是什么感觉，在整个漫长的太空旅行期间这会是他们的“家”。虽然到时候他们会被注射药物而昏睡过去，但是这个“胶囊”容器的外表看起来就会给人带来不适的感觉，尤其是当他们知道里面已经躺着玛丽，并且不久后就轮到他们的时候。

航天飞机的发射工作像是要持续到地老天荒。其实早在 21 世纪初就已经停止使用航天飞机了，但是一部分航天飞机在之后进行了现代化改造，重新投入使用。改造后的航天飞机十分安全。许多军火制造商将大量的钱投入到太空旅行的项目中，对他们来说，这是一笔不会失败的投资。项目的结果就是阿里他们正坐在航天飞机中，等待着一场以生命的长度来衡量的旅行。等待让他们感到每一秒都无比漫长。

阿里无法不想到玛丽，她正躺在距他们身后几米远的玻璃舱里，希望此时的玛丽已经被注射过药物睡着了。天哪，那些人不会是在玛丽意识清醒时就把她关在里面吧？不会这样做吧？玛丽到底做了什么事，让她不能和其他人一样坐在座位上开始旅行呢？她真的碰见外星生物了吗？不，这应该不可能。那么她的大脑真的被外星生物侵扰了吗？阿里对此也不相信。如果真发生了这样的事，又怎么会带着她一起走呢？更明智的选择当然是再找一个人填补她的位置。尽管这种想法没有得到证实，但是很容易就能够想到，联邦为他们每一个人的位置准备了一位替补人员，甚至更多。这种大型项目绝对不会允许任何意外发生。如果有位队员生病了或者……阿里下意识地看了一眼身旁的乔尼。穿着制服、戴上头盔的乔尼看起来精神多了。他们俩抵达 51 区后，乔尼感染的神秘病毒得到了有效的控制。现在，他每天早上和晚上都要服药，才能缓解病毒带来的症状。然而阿里十分清楚，病毒还深深地扎根在乔尼体内，它只是成功地隐藏起来了，正如许多其他事情一样。阿里有一种莫名的直觉，他越来越相信，一切事情都不像表面这样简单，他们并没有被告知实情。乔尼身上到底有什么特别之处，以至于就算他生病了也得带上他一起出发？他自己身上又有什么与众不同的地方呢？为什么恰好是他们十二个人被从全世界上千万个孩子中选拔出来组成了队伍？这些问题一直困扰着阿里，就像一群大黄蜂一样嗡嗡嗡地在阿里的耳边飞来飞去。阿里什么也做不了，他只能随波逐流地向着未知的目的地前进。

阿里突然有一种强烈的冲动想要解开安全带，偷偷跑到后面看一眼玛丽所在的玻璃舱。如果里面躺着的不是玛丽，而是其他人呢？这时，阿里感觉到脉搏跳动的速度在逐渐加快。突然间，身上的宇航服开始挤压阿里的身体，他开始喘不过气来。阿里挣扎着扭动身体，同时撕扯衣服，想要从这种窒息的感觉中挣脱出来，但是安全带将他牢牢地固定在座椅上——正在颤动的座椅上。

一开始，阿里只能感受到细微的颤动，之后，变成了十分有质感的低音。火箭助推器已经启动，等到 282 秒后，它便会自动脱离航天飞机。在这之后，航天飞机会在主引擎的推力下一直上升到 30 万米的高度，也就是 ISS4 号空间站的所在处。这些话阿里在培训的时候记得很清楚，不过眼下这些知识对他没有任何帮助。航天飞机在直线上升，阿里似乎被一股神秘的力量摁在靠背上，让他无法反抗。极速的震动几乎让阿里的身体散架，牙齿也一直在打战，眼睛一阵眩晕。阿里并没有完全晕过去，有时他还能清楚地想起小时候的事，他的大脑中充满了儿时的画面，妈妈的面庞不停地在眼前晃动。他能感觉到，温暖的手指正穿过他蓬松的头发抚摸他的头皮。紧接着，一切感觉都如火花般消失得无影无踪，眼前浮现的画面也暗了下来。阿里对乔尼充满了担忧，他该怎样承受航天飞机上升过程中产生的能够摧毁一切的力量呢？阿里内心十分焦急，然而却无法帮助乔尼，即使是转过头看弟弟一眼也做不到，因为他的额头上就像是坐着一头大象一样，有着沉重的压迫感。

震动一直持续了 510 秒，在这期间，整个航天飞机都震动得十分厉害。起初，阿里以为他们撞上了某样东西，他甚至做好了迎接一场大爆炸或者熊熊烈火将他们在眨眼间变为灰烬的准备。然而这些都没有发生，他们重新获得了十分舒适的安稳。装有两百万升燃料的外部燃料箱自动脱落，航

天飞机开始沿着预定轨道飞行。这种感觉就像是有一只大猩猩先是疯狂地晃动他们，紧接着又把他们从悬崖边上扔了下去。

现在，他们飘起来了，这就是失重的感觉，他们来到了太空。

# 第四章

地球！这大概是乔尼自出生以来看见过的最美的景色了。尽管年纪还小，但是乔尼明白，这个在宇宙中悬浮着的家园正处于十分糟糕的状态，并且越来越接近毁灭的时刻，到了那时，所有人都无法再像现在这般正常地生活下去。然而，看到眼前这个仍旧美丽的地球，乔尼的双眼还是不禁涌出了泪水。

“这有点像是……有人把秘密在我们眼前揭穿，我们的‘家’竟然只是宇宙中的一个球？”阿里的声音穿过头盔在乔尼的耳边回荡。两个人都因失重飘了起来，并且努力想要通过航天飞机狭小的窗户看外面的景色。

“我们的‘家’。”乔尼颤抖着嗓音说道。

机舱内则十分热闹。由于失重，所有人都飘在空中不由自主地到处打转，头盔内部配有的无线电耳机一直传来噼里啪啦的声响，整个机舱内只有尾部的玻璃舱仍旧牢牢地固定在地板上。阿里已经飘去那儿看过了，舱里一片黑暗，什么也看不清，根本没有办法得知里面到底有什么。如果里面装的是他们的食物储备，那真是再好不过了。

航天飞机目前在环绕地球的轨道上飞行，它大约需要 24 小时的时间来调整在太空中的飞行速度，以达到空间站的速度要求从而与其对接。对接之后，他们会被转移到飞船上，由飞船将他们送往另一个星系。

“快看，太阳升起来了！”乔尼喊道。

“呵呵。”阿里淡淡地笑了一下，像是听见了一个无趣的笑话而不得不应付一下似的。

航天飞机以每小时 28 000 千米的速度绕着地球飞行，这意味着，他们每隔 45 分钟就能看见一次日出日落。这种景色当然是让人惊叹的美丽，然而所有人都已经见怪不怪了。

虽然航天飞机的发射和飞行都是完全自动化的，但是奥利维亚·科林中尉还是坐在驾驶舱里指挥。坐在她旁边的宇航员担当她的助手，他是一位叫作乌里的德国人。从外表上看，乌里长得就像哈利·波特的双胞胎弟弟，脸上也戴着一副大大的圆框眼镜。机舱内其他的旅行者则对眼前出现的一切新奇的东西都感到十分兴奋。他们飘浮在空中，有的人不小心撞到墙上，紧接着就被墙弹了回来；有的人右手握拳高高地举过头顶，摆出经典的超人姿势，像是要立刻去拯救世界呢；乔尼则在一旁不停地翻跟头；还有几个人像阿里一样一直在小小的窗户附近打转，不愿意错过地球的每一面景色。

阿里很好地利用了眼下的处境，当所有人的注意力都在其他地方时，他再一次把自己弹到玻璃舱附近。如果换一种场景，玻璃舱和可能躺在里面的小女孩会让人联想起白雪公主的故事，但是眼下的环境却与美好的童话故事一点也不相像。阿里也并没有把自己想象成解救公主的王子或是骑士，事实上，他的心脏正怦怦地跳得厉害，阿里甚至害怕这种比往常要剧烈许多的心跳声会引发警报。幸好没有人关注他。阿里握紧玻璃舱的外部把手，努力向里面看。然而玻璃是深色的，除了自己投映在玻璃上的身影，其他的什么也看不见。玻璃上的阿里看上去就像一个穿着宇航服的外星人，全身发出浅色的光芒。就在阿里几乎要放弃的时候，他在玻璃舱的边角发现了一个很小的插座。它实在是太小了，很容易就被人忽视掉，然而阿里还是立刻想到了自己找到的东西到底是什么。它是连接电缆的插座。插上它，容器里的人就可以说话，反之则不可以。仅仅是这样的一个想法就让阿里兴奋起来，就像是宇航服里的温度上升了几十摄氏度，让阿里的内心沸腾起来。

其他人仍旧没有分一点注意力给这个男孩，即使他已经跑到机舱的尾部，趴在绑在地上的玻璃舱的中间。没有人对这个男孩的动作有兴趣，即使他已经解开了自己衣服上绑着的通信设备的插头，并且将它小心翼翼地插到了玻璃舱的插座上。

“嘶——嘶——”即使聚精会神，阿里也无法更准确地描绘自己听到的声音，传进耳朵里的只是喑哑的嘶嘶声，像是海浪在波动。也许这是里面的呼吸声？又或者这只是无线电设备的电流声？

“玛丽？你在里面吗？”阿里小声问道，声音在头盔里回荡。

13

没有任何回应，也没有发生任何变化，仍旧只能听见不断传来的嘶嘶声。

“是我，阿里，你还记得我吗？他们到底对你做了什么？”

还是没有回答。阿里觉得此刻的自己看起来愚蠢极了。他认为自己或许真的在对着一个巨大的冰柜说话，里面储藏的是他们的食物。玛丽一定是由于某些原因离开这个队伍了，尽管他们永远都不会知道原因到底是什么。

阿里抓住电线，就在他马上要把插头拽下来时，从一片嘶嘶声中似乎听见了些不同的声音。信号十分微弱，就像是正接收着从遥远的某地传来的信息，比如说，水下？另一个星球？或者是远古时代？然而阿里十分肯定，他听见了一个单词：“紧随”。他动了动耳朵，注意力更加集中。嘈杂的电流声中夹杂着一些单词，阿里艰难地从中分辨出几句断断续续的话：“星光……山坡……下……紧随……黯淡……笑声……”玛丽一直在重复相同的一段话，阿里终于听清楚了全部，他将所有单词连贯起来：

“璀璨的星光后，低矮的山坡下，它填补了缝隙。

它游荡在前方，又紧随于身后，

让生命与笑声黯淡无光。”

声音一直在不稳定地波动，有时完全消失，有时又突然加强。

突然，阿里意识到有人在他的身后。一种无声的威胁。他用力地扯下电线，如果不是恰好有一只手扶住他的话，他一定会因为在失重的状态下过度用力而撞到旁边的墙上。奥利维亚中尉握住他的胳膊，让他好不容易才在原地保持住了平衡。阿里透过头盔看见了一双发亮的眼睛，就像是正在燃烧的火苗。

“你在这儿做什么？”

“没什么，我只是在想，我们的食物为什么在这里放着而不是储存在货舱里。”阿里努力让自己的声音保持平稳，但是这很困难，因为他的耳边仍回响着嘶嘶的电流声，以及玛丽留下来的那段话。

“食物？”

“难道不是吗？这里除了食物还能装其他东西吗？”阿里一副无辜的样子问道。

奥利维亚静静地看了他一会儿，接着便转身离开了。阿里继续在机舱内胡乱搜寻着，直到他撞上后壁。就在这时，他发现头顶的一盏照明灯闪烁着红光，与ISS4号空间站的对接已经开始了。

# 第五章

太空对接进行得十分缓慢，这是整个旅程初期最重要也是最危险的一个阶段。航天飞机跟随着空间站在轨道上飞行，先是一次一米，后来是一次一毫米，航天飞机不断地调整着自己的运行参数，从而与前方的空间站匹配。机舱内所有人再次系上安全带坐在椅子上，除了奥利维亚和乌里，他们正在驾驶舱内认真地监测整个自动进行的对接过程，并且做好了准备，一旦发生任何问题，立刻进行介入纠正。事实上，大家心里很清楚，一旦过程中出现问题，一切也都完蛋了，即使是奥利维亚也无法挽救。

就这样僵硬地坐在位子上，什么也做不了，其实也很痛苦。阿里、乔尼还有其他的队员只能等待，一边等一边在心里许愿，希望一切都如预想的一样顺利进行。

“这真的很好笑。”乔尼的声音从阿里头盔的无线电中传了出来。

“你在说什么？”

“对我们来说，在这里等几个小时就像是等了一辈子，然而前方还有更加漫长的旅途等着我们呢，那可真是要花费一辈子的时间的，哈哈哈。”乔尼笑着说，然而声音听起来并不怎么高兴。

“时间是相对的。”阿里觉得自己必须说点什么，尽管他也不明白为什么这样说。

最后，耳边传来一阵低沉的蜂鸣声，航天飞机终于与空间站成功对接。奥利维亚和乌里离开驾驶舱飘到阿里他们所在的客舱。乌里开心地做了个前空翻，挥舞着双手庆祝，奥利维亚中尉则只含蓄地摆了摆手。离开的时候，阿里看了一眼仍旧绑在地板上的玻璃舱，它依旧和之前一样安静地待在那儿，充满了神秘。

他们一共花费了好几个小时才通过气闸舱转移到了空间站内，并且脱下了自己身上厚重的宇航服。漫长的等待似乎都是为了这一刻的放松。他们不知道，下一次能够脱下宇航服是什么时候，也许永远都不可能了呢！总之，此刻在空间站内，还是可以轻松一下的，毕竟这里很暖和，还有充足的可呼吸的空气。脱下宇航服，每个人重新变回了那个精神抖擞的少年探险队员，他们像刚刚破茧而出的蝴蝶丢掉沉重的蛹壳一样将宇航服丢在一边。

旧ISS空间站在过去这几年逐渐扩张，多个国家都已在此建立了自己的专属模块，这里已成为名副其实的多模块国际空间站。如今被称为ISS4号的空间站从外表看是一个圆环形，每天大概有一百个来自不同国家的宇航员在这里工作。

虽然其他空间站主要是由隧道式走廊、各种实验室、气闸舱，以及无数办公室组成的，但所有空间站包围着的中心位置仍旧由所有国家共同设立了一个要比其他地方宽敞些的指挥室，该指挥室外还设置了三条连接走廊，可通向其他的空间站，整个结构看起来就像是德国汽车品牌奔驰的标志。

空间站的负责人、来自巴西的安东尼奥·帕特里奥和他的副官一起在中心指挥室里迎接这十一位来自地球的太空游客。指挥室的空间并不是特别大，与普通的卧室大小差不多，但是在刚刚穿过狭窄的走廊来到这里之后，不大的指挥室也让人感觉像礼堂一般宽敞。指挥室内没有多余的家具和装饰，更显得这里要宽敞许多。大家可以随心所欲地在这里躺着、坐着、站着，甚至倒立也可以，可以自由选择让自己看起来比较酷的姿势。因此，尽管正处于一个严肃的场合中，整个画面看起来却十分滑稽，有一半人是头朝下“站”着的。其实太空中并没有办法规定上下左右这样的方向，所以安东尼奥并没有认为大家目前的姿势很奇怪。

“这样上课的感觉可真好啊。”乔尼凑到阿里耳边说道，阿里听完嘴角微动笑了一下。

“欢迎你们来到我的空间站。很遗憾，亲爱的客人们，你们的旅行还要继续，所以没有办法在这里停留太久。因此我想马上给你们展示你们一定会感兴趣的东西。”

安东尼奥对他的一个助手点头示意，助手走到控制板前，轻轻按下开关。这时，一块地板——如果现在还可以管它叫地板的话，因为叫它天花板也可以——开始向边缘移动。一开始，他们只能看见一片黑暗，紧接着，一束光芒在空中蔓延开来，像是一条发光的尾巴，既如火花般闪耀，又如萤火虫成群飞过时那般梦幻。越来越多的亮光在黑暗中聚集，就像是一个人在同一时间点燃了上千根保险丝，很快它们在太空中形成了一条条长长的光带，转瞬即逝。眼前的景象在不停地变换，光带在不断地增多，同时覆盖的区域也越来越广直至黑暗的中央。

阿里、乔尼、乌里以及其他人，甚至包括奥利维亚都在目不转睛地盯着眼前的景象。室内一片寂静，大家默默地欣赏着在地球上无法看到的美景。阿里甚至在想，也许玛丽也正享受这一切呢，她或许会努力维持自己酷酷的表情，即便内心震撼得不得了。

窗户被完完全全地打开。太空中正飞行着由 ISS4 空间站发射的三个如美杜莎般的物体，它们正将自己的触手延伸到视线看不到的地方。太空中长着触手的怪物既让人感到害怕又带来一种奇异的美感。

“请允许我介绍，这是圣玛利亚号、尼尼亚号和平塔号飞船，你们未来的家。”安东尼奥骄傲并满怀尊敬地说道，“有问题吗？”

当然有问题了，问题是永远都问不完的。

电动帆是由芬兰人派卡·鉴胡能发明的太阳帆，这比之前传统的方式要先进得多。“美杜莎的触手”实际上是天线，上面装有电力系统，它们就像是帆船的帆一样，利用太阳风产生电力，从而推动宇宙飞船前进。在旧版本中，天线的长度只有十几千米，但是新型的飞船上所安装的天线长度可以达到几百千米。一个电动帆的面积更是几乎与芬兰国土面积相当。成堆的问题涌入大家的脑海，即使所有人在训练期间已经了解了关于宇宙飞船的基本知识，但是当真正见到这一切时，又是另一回事了。

“但是太空里并不刮风啊。上学的时候，老师都是这么告诉我们的。”乔尼说道。

“这指的不是大家熟悉的大自然中的风。太阳风是从太阳最外层也就是日冕层射出的带电粒子流，由质子和电子组成。电动帆便是利用这种带电粒子流产生动力。”安东尼奥解释道。

“明白啦。”乔尼说道，然后转头朝阿里转了转眼珠，意思是，即使听完安东尼奥的解释他也根本不明白这到底是怎么一回事。

“那利用太阳风的话，飞船的速度可以达到多快呢？”阿尔伯特好奇地问道。他来自尼日利亚，显然是一个精通物理学的天才儿童。

“太阳风的速度在不断变化，平均为 400—800 千米 / 秒，你们即将乘坐的飞船速度则为 100—200 千米 / 秒。”

“如果按小时来计算呢？”

“按每秒飞行 100 千米来算的话，一小时就能飞行 360 000 千米。”

“好快呀。”

“飞船上有足够的食物吗？”这次提问的人是来自俄罗斯的斯温特莱纳。她是队伍里的营养学家。

安东尼奥听见问题后脸上露出了慈祥的微笑，他在空中摆了摆手，下一秒，显示屏上出现了飞船的结构图。

“每一艘飞船都是由四个模块构成的。首先是驾驶室，负责技术方面的操作；其次是客舱，也就是你们未来生活、居住的场所；再次是货舱，里面储存着你们需要的所有生活物资，能供你们用一辈子呢；最后一部分是加速引擎，在需要加速的时候会自行启动，当加速完成后，它会自动脱落。”

“那制动呢？飞船到时候会如何刹车呢？”乌里问道，作为一名德国人，他却有着难得的幽默感。

“当你们接近目的地时，飞船会在电动帆的作用下开始制动，电动帆实际上会起到刹车的作用。在你们到达目的地之前，制动阶段会持续几十年。”安东尼奥一边观察着大家的反应一边说道。显然，大家一脸绝望。

“啊哈？”阿里最先出声。

“几十年？制动就要几十年？”乔尼尖声说道，“显然甚至不值得尝试手刹了。”

所有人都笑了出来，就连安东尼奥的嘴角都带有一丝笑意。唯一仍旧面无表情的是奥利维亚，她坐在——实际上是飘在与其他人间隔了一段距离的地方。阿里觉得这位年轻的中尉或许根本不需要队友的陪伴。与这样一位脸色总是阴沉沉的年轻女人生活在一起，未来几十年的旅行完全不会有度假的感觉。

“返航呢？返回的时候我们还是乘坐同一艘飞船吗？”提问的人是来自法国的文静女孩米莱。在整个训练期间，米莱没有说过几句话，她总是很安静。据说，她是“移动的修理厂”，不管是坏了的烤面包机还是加速传感器，都难不倒她。由此可见，听课不属于她的强项。

“你们……”安东尼奥用眼神寻求其他人的帮助，但是所有人都避开了他的目光，拒绝说出那个大家都知道的答案，“你们不会回来了。我认为，在训练期间应该就有人告诉你们这件事了。”

“我知道，”米莱点头道，“但是如果特别特别想家怎么办？或者到达目的地之后，在那里生活得不开心怎么办？碰见这种情况的话，我们可以回来吗？”女孩坚持不懈地问道。她的声音听起来十分悲伤凄凉，以至于其他人觉得有点尴尬。

最后，丽萨来到米莱的身边抱住她。米莱把头靠在丽萨的肩膀上，将脸埋了起来，她的肩膀不停地颤抖。

从如何睡觉到卫生纸是否够用，大家的问题层出不穷，如雪花般涌进安东尼奥的耳朵里，但是这些问题不需要回答，就像雪花自己会随风消散一样。过去的一天让大家十分疲惫，尽管知道未来要睡上长长的一觉，但现在他们的大脑已经疲倦到无法接收更多的新信息了。

安东尼奥的问答环节结束之后，乌里、敏俊、丽萨还有其他几个人一起到处参观这个空间站，剩下的人则留在指挥室内继续通过那扇开着的窗户欣赏黑暗中发光的飞船。

奥利维亚则没有加入任何一队，她向安东尼奥点头示意后，和两个助手一起离开，前往走廊。阿里来不及细想便立刻跟在他们身后，而乔尼则留在原地继续盯着窗外广阔的太空。

# 第七章

如果在某个地方可以做到无声地跟踪别人，那么这个地方一定是空间站。首先，失重的状态下每个人的移动不会发出任何声音。其次，在这里不存在迷路的可能性。在整个圆环形建筑里，仅有的一条走廊连通了空间站的所有模块，不存在任何侧走廊以及上锁的门。因此，阿里很容易做到悄无声息地跟在奥利维亚以及两个助手的身后，一直让他们在自己的视线之内。一路走来，他们经过了挪威的太空实验室、俄罗斯的观察所、印度的研究中心，以及许多其他的机构，这些机构早在多年前就已经设置在这里了。在机构里工作的来自各国的科研人员时不时会和路过的人点头打招呼，他们已经习惯门外总有不同的人经过了。

阿里默默算了一下，到目前为止，他们已经走了整个圆环的四分之一，这时，奥利维亚和两个助手终于停了下来。

与其他机构不同的是，这个机构的门并不是敞开的，而且门上设置了密码锁，无法自由进入。其中的一个助手上前输入密码，几秒后，门自动打开了。奥利维亚和助手们先后进到屋子内，阿里知道他没有时间犹豫了。

他将墙壁作为自己的支撑点，用力把自己向前推了出去，同时双手伸在身体前，就像是在大海里潜水一样。阿里一点点接近门口，然而门开始一点点关闭了。两扇门之间的空间逐渐变窄，阿里明白，现在他什么也做不了，他没办法“刹车”让自己停下，因为已经离墙壁太远了，无法找到任何支撑点。摆在他面前最好的一种情况就是一头撞在关着的大门上，最坏的一种情况就是他被夹成两半。阿里闭上眼睛，眼前立刻出现了自己裂成两半的身体飘在走廊里的画面。他感觉到自己碰到了某样东西，似乎是脚刮到了钩子上，再之后……轻轻地停在了空中。阿里的脚上仍能感觉到些许刺痛，但是他感觉到自己是完整的，并没有受很严重的伤。他小心地睁开眼，心有余悸地向后看，看见了紧闭的大门，这扇门正好夹住了他脚后跟的袜子。这双自带“刹车”功能的袜子在那一刻拥有了全新的意义。

阿里不管怎么使劲拽，都无法把袜子从门缝间扯出来。

它势必留在那儿以供下一个来客“欣赏”了。阿里目前还没有想到办法解决这个问题，除此之外，周围有太多让人惊讶的东西了。他们应该是来到了某个机场航站楼一样的地方，空间并不是特别大，与大型车库的大小差不多，只看见不远处有一些如电影场景中出现的浮夸的飞机棚，棚内放置着数十架航天飞机。房间中央停着一架航天飞行器，在阿里的眼中，就像是潜水员驾驶的水下摩托车。奥利维亚和两个助手正在专心地研究这架飞行器，所以并没有注意到阿里的存在。此时的阿里已经悄悄地移动到他们的身后，来到房间的另一边，这一侧还放着两个玻璃舱，都牢牢地绑在地上。两个。阿里在航天飞机上只见到了一个。第二个是从哪儿运来的呢？难道它之前被放在其他的航天飞机上？还是它早早地就已经放在这里了？最重要的是……如果一个舱里面躺着玛丽，那么另一个舱里面躺着的是谁呢？或者说是什么东西呢？

就在这时，阿里意识到某件几乎让他的心脏停止跳动的事情。奥利维亚和其他两人正往身上穿宇航服。阿里的视线转移到将房间与太空隔开的墙壁上，他现在终于明白，那是通向太空的大门。整个房间其实是一个巨大的气闸舱，也就是前往空间站外的出发地，所以这个房间被用密码门与其他机构分隔开来。现在，奥利维亚他们出于某种原因要离开空间站。这只意味着一件事，等会儿出口打开之后，所有的氧气都会跑出去，任何一个没有穿上宇航服的人都会因此窒息而死，任何一个没有绑上安全装备的人都会被吸到太空中。

阿里绝望地看向四周，发现来时通过的入口上方的指示灯已经变黄，这说明奥利维亚他们马上就要出发了。他没有办法打开门，就算是知道了密码也无法打开，现在，任何人都无法开门，除非奥利维亚他们的行动中止。危急之下，阿里移动到了房间后部，那里似乎有一个仓库，墙上挂着两件宇航服，然而穿上宇航服需要不少时间以及至少一个帮手，所以这两件宇航服对阿里来说毫无用处。阿里看向其他人，大家都戴上了头盔，其中一个助手做了个“好了”的手势。各种想法在阿里的脑海里翻腾，最终引出一个同样的结论——除了暴露自己，他没有别的办法。即使这样做的后果对他来说会是毁灭性的灾难，他也没法考虑那么多了。他们会把他从队伍中剔除吗？如果他离开了的话，乔尼怎么办？阿里看着一个助手走到控制板前，看着其余两个人都做了“好了”的手势，这个藏起来的男孩知道，到了必须做决定的时候了。

阿里努力想要从仓库中冲出去，求生的欲望战胜了一切，他又一次蹬腿想把自己推出去，然而没有任何变化，他就像是被粘在原地一样，一动不动。阿里又试着转身，但是某个东西把他拉了回来。原来，他的上衣被一块强力胶带粘住了。这块胶带是用来将内衬与墙上挂着的宇航服黏合在一起的。男孩使劲扭动着身体，但是感觉自己与胶带结合得更紧了，就像是一只巨型昆虫落到了网上，无处可逃。与此同时，阿里眼睁睁地看着站在控制板前的助手摁下了开关。指示灯变成了红色，并开始不停闪烁。气闸舱通向太空的大门逐渐打开，一切都结束了。

阿里不停地尖叫，几乎用尽了肺里的所有空气，然而没有人听到他的大声呼喊。设备发动时的轰鸣声掩盖了所有其他声音，此外，穿上宇航服并且戴上头盔的奥利维亚等人也隔绝了外部的所有声音。阿里不停地挣扎，他感觉到似乎与身后的胶带分离了一点点，过度恐惧使他爆发出了前所未有的力量。留给阿里的时间只有几秒钟了，最多不超过半分钟。他似乎已经感受到从太空涌进来的寒意了！奥利维亚和助手们将两个玻璃舱从地上解绑，显然他们打算带着玻璃舱一起离开。

阿里深深地吸了一口气，闭上了眼睛。他知道，无论如何他是不可能一直这样憋气憋下去的，但是在恐惧之下，这至少会带来一点安慰，不至于在氧气跑光后立刻感受到窒息的痛苦。阿里屏住呼吸，他的大脑仿佛在“突突”直跳，肺部也在燃烧。最后一刻他想到的是，还好，他不会被吸到太空里了，毕竟胶带将他粘在了原地。他会被别人发现，然后……阿里眼前一片黑暗。

阿里不清楚自己失去意识多久，也许最多不超过一分钟。再次睁开眼睛时，他发现如同晕过去之前，自己仍旧挂在胶带上，但是眼前的情况还是发生了变化。闪烁的红色指示灯变成了橙色。看来，奥利维亚他们的行动停止了或者被迫中断了。

意识仍旧模糊的阿里发现一个助手站在入口处，似乎在研究与走廊相通的那扇密码门。他抓住了某样东西然后使劲向外拽，接着他回头看向其他人，摊了摊手。最后，男人输入了大门的密码，指示灯变绿，片刻后大门打开了。他从空中接住了刚才夹在门缝中间并且使行动中断的东西，就是它——阿里的一只袜子。

男人攥紧手中的袜子，走回到其他人的身边。就在这时，阿里使出比之前还要大的力气，他甚至听见了布料的撕裂声，终于，他感觉到自己解脱了。阿里拳头紧握，像超人一样伸在胸前，破破烂烂的上衣如同旗帜一样在空中飘荡。脚上只穿着一只袜子的阿里就这样从敞开的大门中冲了出去，重新回到自由与安全的怀抱。

# 第八章

“两个？”乔尼难以置信地摇了摇头。

“没错。”

“你看见了它们里面到底是什么吗？”

阿里摇摇头。他在和工作人员解释自己的衣服破了是因为不小心挂到墙上的钩子上之后，借到了一件新的 T 恤衫，然而脚上的袜子仍旧缺一只。

“这不一定意味着什么，另一个玻璃舱有可能是空的。或者这两个都有可能是空的。到目前为止，我们都只是在猜测罢了。”

阿里点了点头。他本不想让弟弟过多担心，但是他又觉得必须把自己看到的事情告诉乔尼。

“你带上你的药了吗？”阿里换了个话题。

“当然。我差不多快好了，这只是一种比较顽固的流感病毒而已。”

“唔……”阿里敷衍道。

“对了……你想妈妈吗？”

阿里闭上眼睛：他曾经做过这样的梦，梦中的他们飞快地冲进路边停着的轿车里逃走了，而妈妈则一直在身后向他们挥手。同样的梦，他做了一次又一次。也许妈妈是知道这一切的，也许这一切从头到尾都是计划好的，也许妈妈……阿里看向乔尼，他知道，同样的想法也在乔尼的脑海里徘徊。

“那个神经系统改造项目……”乔尼开口说道。

“不要再提它了，我再也不相信这件事了。”阿里不自觉地吞咽了一口唾沫。

“我觉得，妈妈本不想放弃我们，但是她被迫这样做。她的大脑里被植入了一种芯片，然后……”

“停，不要再说了，这没有任何意义。”阿里打断道。

“我们有可能知道真相吗？”乔尼忍不住小声问道。

“真相？”阿里摊了摊手。他看向四周，他们所在的空间站也许位于整个宇宙的中间，或者是边缘，或者是上面，或者是下面，这取决于你怎么看。地球在他们遥远的下方，如一粒渺小的尘埃。真相？地球上的真相放到这里不一定还是，更别提他们的目的地了。开普勒 62 号星系。那里会有什么样的真相呢？

“我必须睡会儿觉了。”阿里对弟弟说道，但是乔尼用看怪物一样的眼神看着他。

“你是认真的吗？我们马上要集合了，你竟然还想要睡觉。”

“我承认，这是有点蠢。”阿里笑了笑。

“这不是蠢，你就不应该有这种想法。”

其他人已经在指挥室里集合了，阿里兄弟二人走到大家旁边。大家都在断断续续地低声讨论着什么，窗外的飞船似乎将所有的能量都吸收到自己的“触手”上。大家对未来一片迷茫，甚至不知道该问些什么，并且所有人都清楚，即使是问了，也没有任何用处，他们根本不会得到答案。因此大部分人沉浸在自己的思想里，在指挥室里漫无目的地飘来飘去。有的人祈祷他们可以顺利到达目的地，有的人则期盼着整个行动取消，他们可以被送回尘土飞扬的地球，回到安全、熟悉的环境中。

几分钟后，奥利维亚出现了，阿里立刻就知道他被发现了。仅仅是奥利维亚的眼神就说明了一切，但是更明确的证据在她的手中——她带给阿里的那只袜子。

“跟我来！”奥利维亚命令道，没有给阿里任何反抗的机会。

# 第九章

“我当然可以解释……”阿里采用了一个非常经典的开头。

“不用了。”奥利维亚冷酷地打断他，“你一路跟踪我们溜进了你本不该去的地方，你不仅将自己和我们都置于危险之中，你的做法还使整个太空站的安全受到了威胁。如果你的这只袜子导致整个系统错误或者信息泄露该怎么办？一旦出现问题，带来的后果都是无法挽回的灾难。在太空站内，任何一个小小的错误都是毁灭性的。一个人的漫不经心会给整个团队带来损失。”

让阿里感到十分困惑的是，奥利维亚在说这段话时没有任何的情绪波动，她似乎完全不生气，只是像机器一样不停地向外吐出句子。但是阿里仍旧感觉自己是一只落入收藏家手中的昆虫，被用针牢牢地钉在收藏盒里。幸好自己是活着的。

“那两个玻璃舱里装的是什么呢？”阿里决定搞一个突

然袭击，然而没有用，奥利维亚完全没有被吓到。

“我猜，你们关于这个问题已经有很多想法了吧。其实，我们根本没有打算隐瞒这件事，没错，玛丽被麻醉后就躺在里面，这是为了我们整个团队的安全考虑做出的决定。”

“为什么？”

“我刚才说过了，为了我们的安全。现在我在考虑，你对于我们来说是哪种级别的危险因素。”奥利维亚的视线似乎直直地穿透了阿里的脑袋，总之，阿里觉得自己的脑袋忽然发热。

“我当然不是了。”阿里窘迫地为自己辩护。

“是这样吗？”

“当然，当然。乔尼他无法一个人在新的环境中生活。他需要我。”阿里急忙说道。

奥利维亚依旧盯着阿里，仿佛在等待着阿里接下来的话。阿里知道，这时候一切都取决于他接下来要说的话。说错话会使他直接失去旅行的机会，说对话则会让他继续持有旅行的门票。

“如果我不去的话，乔尼也不会去的。”阿里非常自信地脱口而出。

“你这样说是什么意思？你觉得，这时候你们还有任何拒绝的机会吗？”

“你们需要我们。为什么在我们被正式选中之前，你就开始跟踪我们了？你是那个给了乔尼可乐的女人，而且你还帮助我们在医院躲避警卫的追捕。如果你们因为一只袜子就取消我的资格的话，为什么之前要花费这么多工夫呢？”阿里生气地说道，然后用一只手把袜子从奥利维亚的手中夺了过来。

奥利维亚在一瞬间看起来有点恍惚。在百分之一秒的瞬间，她似乎变成了一个普通的年轻女人，在失去了对场面的掌控后会在脸上表现出自己的惊讶，然而很快塑料般的冷漠表情又回到她的脸上。

“你可以回去了。”

“那另一个玻璃舱里装的是什么呢？”阿里决定继续按照刚才的策略询问。

“这不关你的事。”

“这听起来是在开玩笑！我们马上要去同一个地方，如果一只不小心掉了的袜子可以成为危险因素，那多出来的旅客呢？而且关于这位旅客我们什么也不知道。”

“不要再测试你的运气了。”奥利维亚说完便转身离开了。显然，谈话到此为止。

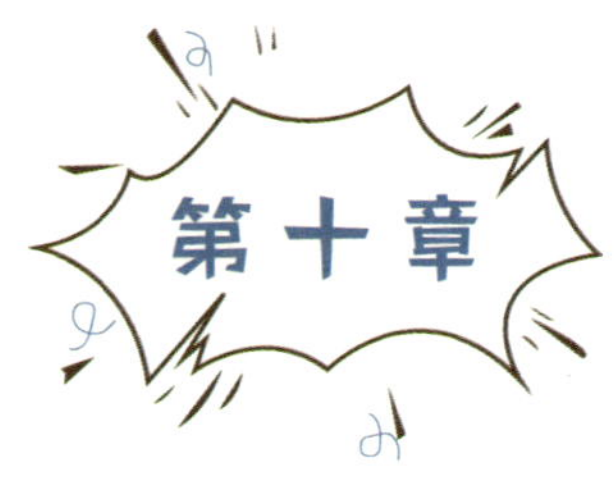

# 第十章

那个联邦总统玛丽·康德威正在发表讲话。电视画面出奇地清晰，要知道这可是从遥远的地球传过来的。另一方面，仔细想想的话，利用卫星转播电视节目的技术早在一百年前就已经存在了。

“你们已经听过足够多的华丽的话语了，你们也已经见过许多人来给你们送行，你们正是代表着他们去寻找人类更好的未来。现在，你们更是已经熟悉这些由历史上最厉害的科学家发明的先进技术了。我知道，你们的肩膀上承载着巨大的压力，毕竟你们只是孩子，但是这足够了，你们不需要做更多。孩子拥有人类现在和未来的一切。你们的身上拥有我们人类世世代代寻觅的信息，体现了人类在历史上曾经作出的选择。现在轮到你们了。我们无法知道在未来你们会面临什么样的艰难选择，但是当你们作决定的时候，请记住，你们是人类的一分子，请倾听你们真正的心声。最最重要的

是，记得早晚都要刷牙，早饭要吃好，不要因为抢玩具和伙伴吵架，要时刻保持礼貌。”

总统的最后一句话让大家不禁笑出声来。一同挤在指挥室里的空间站工作人员站在队员身边礼貌地鼓掌。

“祝你们去往未来的旅程一切顺利！”总统微笑着结束了讲话，之后电视画面消失了。

出发的时候到了。

搭乘圣玛利亚号飞船的队员有阿里、乔尼、奥利维亚中尉以及玛丽。阿里看向奥利维亚，后者严肃地点点头，得知与奥利维亚搭乘同一艘飞船时，会有一种奇怪的安全感。

平塔号上的队员是敏俊、丽萨、斯温特莱纳和阿尔伯特。

最后，搭乘尼尼亚号的是乌里、米莱、印度女孩维卡尔，以及来自阿根廷的朱利奥。阿里只和后面这两个人说过几句话，不过可以肯定的是，将来他们会有大把的时间认识彼此，用整个余生。

一共有十三名旅客。阿里在想，那个多出来的玻璃舱是否会放在他们的飞船上？他希望最好不是这样，因为阿里一直为此感到烦恼。有时他特别想把这个秘密公开，告诉所有伙伴，他们仍旧被隐瞒着某些事情。但是过了一会儿，他又放弃了这个想法。一切都是为了安全考虑，这是当初阿里询问玛丽的情况时，奥利维亚的回答。这只能说明一件事：玛丽知道得太多了，她知道了一些不应该告诉其他人的事。在临近出发的时刻，阿里不想让自己面临任何危险。如今的他感觉比以往任何时候都更加坚强，因为无论发生什么，他都要一直守在乔尼身边保护他。这一切也许从玩《开普勒62号》游戏的时候就开始发生变化了，那时他是第一次认识到自己是弱小的弟弟的守护天使。这种想法似乎有点滑稽，尽管他一直都深爱着弟弟，但是从未把自己当作守护人。唔，也许这一切都是自然发生的吧，乔尼生病，与妈妈分别，以及前方未知的旅程。

“圣玛利亚号的队员们，现在请前往气闸舱！”广播开始播放通知。

“要出发了。”乔尼颤抖着声音说道。

# 第十一章

“快看，好多星星呀。这里的星星比从家里看亮多了。”

“这是因为这里没有大气层的阻隔。”

“我当然知道了。”

“好，好，你知道。”

“说起‘家’的时候感觉有点好笑，似乎那只是个梦。”

“地球真漂亮呀。”

“是啊。”

“我搞不清楚哪面是它的上面。”

“我也不知道。”

“要是能再看一眼芬兰就好了。”

“它在左下角那里。”

“你确定吗？还是你只是为了让我心情好点才这么说？”

“后者。”

在太空中行走，从空间站前往飞船的路程并不是很长，但是感觉持续了很久。他们穿着宇航服，被一根绳子连接起来，引领整个队伍的人是阿里之前跟踪过的两个助手中的一个。他们就像是一群去春游的幼儿园小孩，老师负责引领大家前往目的地，唯一的不同之处就是，这次他们的目的地要比往常远，而且如果有人走丢了，那他就永远回不来了。

“从近处看，飞船要比我想象的小。”

“那些触手还在发光呢。这艘足够大的飞船是我们的。”

“这些触手或者说是电线可真长啊。”

“据说，这还不是它们本来的长度，只有当我们准备加速的时候，它们才会彻底展开。”

飞船的气闸舱只能同时容纳两个人。奥利维亚第一个进去。只有她一个人，因为乔尼拒绝与她一起。阿里则不想把乔尼单独留下来，尽管他知道不会有任何危险。另一方面，在太空里没有绝对的安全，比如一只袜子待在错误的地方都会在片刻间改变整个局面，阿里很清楚这件事。

“从这儿看空间站就像是一个废品仓库。”

“没错。”

“它就像是有人使用了许多不同建筑物的一部分来搭

建的。”

“在某种程度上可以这么说。”

“这可能是人类所发明的最棒的东西了。”

“错了。你也听见了刚才总统是怎么说的。‘我们’才是人类历史上最伟大的发明。你和我。”

“看看我们，和空间站本质上是一样的。人类可能没有太多希望了。”

“没错。”

飞船内部十分狭小。当看见飞船里只放了四个玻璃舱的时候，阿里松了一口气。一个是关上的，其余三个的盖子是敞开的，等待着它们的主人。看来就算是队伍中有位多余的旅客，那也不在他们的飞船上。

客舱中间有条窄窄的管道状过道，一头通向前面的驾驶舱，一头通向后面的货舱，但是除客舱外其他的地方都没有人。

阿里与乔尼厌恶地看着敞开的玻璃舱。但是下一秒，躺进去的想法取得了压倒性的优势。

“我们会做梦吗？”

“不会。”

“如果想要上厕所怎么办？”

“不会想上的。”

“饿了呢？”

“不会饿。”

“谁把我们叫醒？”

“机器。在我们离目的地还剩一个月的时候，我们就会自动醒过来。”

“一个月？”乔尼一脸惊恐地看向四周，“醒过来之后，我们竟然要在这么小的地方待一个月？”

“到时候我们需要锻炼身体。”

“哈？”

“玻璃舱里的设备会定期移动我们的四肢，并用化学药物刺激我们的肌肉，但是当我们醒过来后，我们必须重新开始学习许多东西。在到达目的地之前，我们得变强，才能够适应另一个星球的引力和生存环境。现在……”

“不要！”乔尼害怕地抓住阿里。

阿里轻轻地拨开弟弟的手。

“去吧。我会在旁边确认一切顺利的。”

“不，是你们一起进去，而我在旁边监督。”奥利维亚打断道。

阿里和奥利维亚互不让步地看着彼此。阿里的眼神仿佛燃起了火焰，射向奥利维亚。最终，奥利维亚深深地叹了口气，点头同意了。

乔尼躺进玻璃舱里，身子在不停地颤抖，阿里在一旁紧紧握住刚刚被奥利维亚注射药物的那只手。乔尼的眼睛始终注视着阿里，甚至都不舍得眨一下，他不敢闭上眼睛。乔尼的视线随着软管内液体的流动慢慢模糊起来。玻璃舱开始工作了，人体内所有的器官都会交由它来照顾。

“晚安，阿里。”

“晚安，乔尼。未来见。”

# 第十二章

他觉得自己淹没在空虚中。人怎么会被空虚淹死呢？如果什么都没有的话，人又怎么会淹没在里面呢？然而最糟糕的是，他并不知道自己是谁。此刻，他唯一能做的事就是活着，呼吸，再呼吸。即使这对他来说费力得犹如从吸管中吸气，但是一下接着一下的呼吸让他放松。

他是什么？他是谁？他在哪儿？层层波浪拍打在他身上，哗哗的水声让他的心情平复下来。也许他被冲到了岸边。他一定是在旅行。大海带给他片刻安宁，紧接着他又堕入黑暗……等等！他看见了光。他知道，他看见了光。

肺部传来剧烈的疼痛。他刚喘口气，疼痛比任何时候都要难以忍受。他不想被救，只想回到安全的黑暗中，即使那里什么也没有。他试图继续向下潜，然而有什么东西抓住了他，不，好像是他挂到了某个东西上。渔网吗？他无法挣脱出来，他回不去了。必须努力呼吸，呼吸。

13。为什么他的脑子里一直想着这个数字？为什么这是他第一个能够想起来的东西？数字代表着某样东西，这让他疑惑。为什么他在一片嘶嘶声中听见了别的声音？就像是从遥远的地方传来的话语，一部分被风吹散：

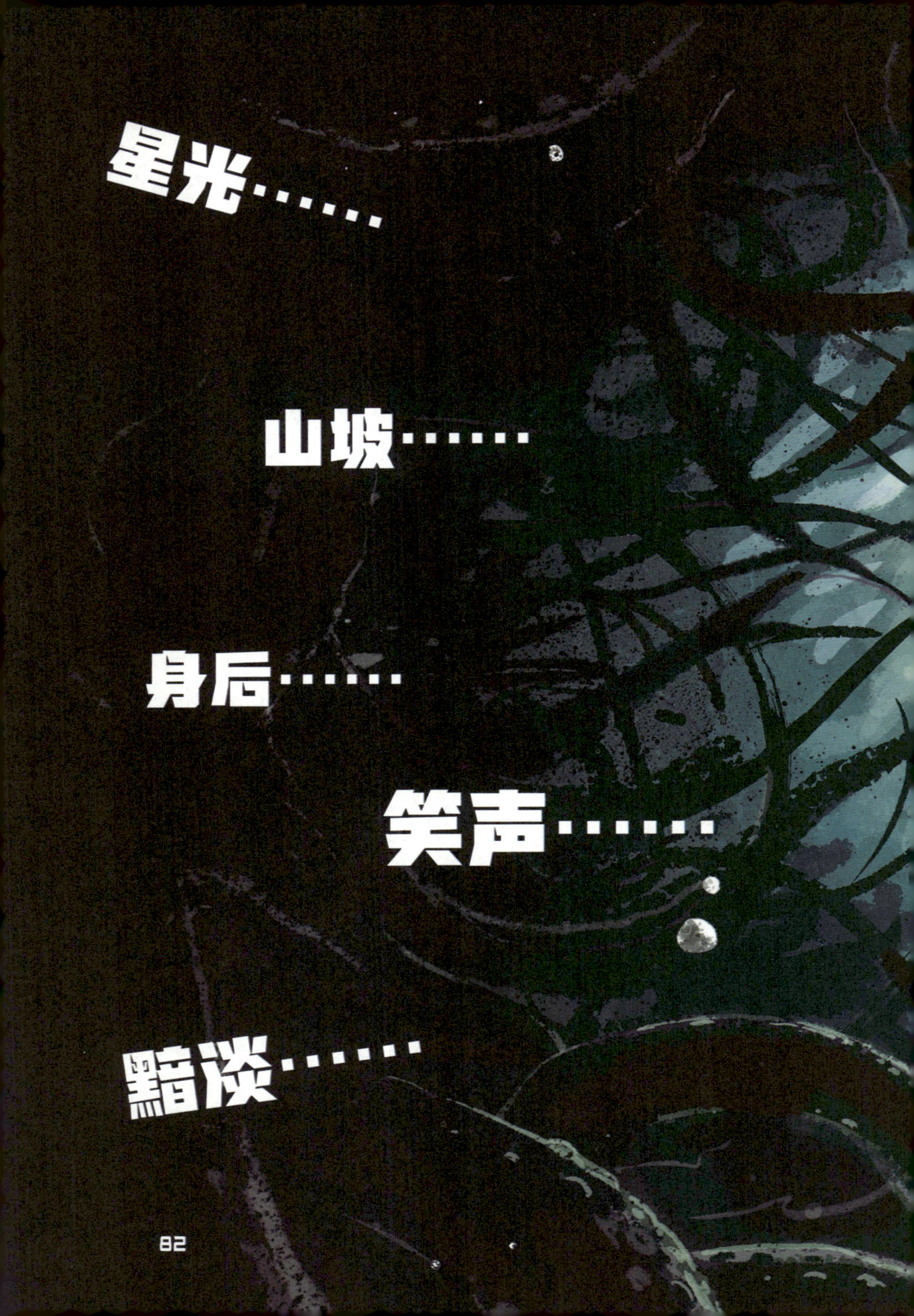

星光……

山坡……

身后……

笑声……

黯淡……

突然，他明白了，这是个谜语，最重要的是，他知道答案。

他直直地盯着前方，不理解所看到的任何东西。他不知道自己就这样睁了多久眼睛，他也无法猜到自己在黑暗中躺了多久。眼前似乎有点点灯光在黑暗中发亮。他躺着的地方十分坚硬、不舒适。他试图起身，但是被某种东西拦在原地。他又试着抬起头，然而头也动不了。逃离的欲望越来越强烈。现在他可以自由呼吸了，肺部的剧烈疼痛变为一种灼烧感，就像是重感冒的后遗症一样。他难道是生病了吗？他在医院吗？如果是这样的话，医生和护士都在哪里？他现在病得十分严重，一定是出了某种事故导致他变残疾了。他无法移动身体是因为身体已经坏掉了。只有他的呼吸是自由的。心脏在胸腔里飞快跳动，心率飞速上升，到了危险的程度，也许今天就是心脏能够跳动的最后一天了吧，也是他生命的最后一天。他看着点点灯光闪烁个不停，胳膊上传来一阵寒意，就像是他的体内被灌进了冰块一样。之后，他再次落入黑暗的怀抱。

当阿里终于醒过来，意识到自己仍在飞船上时，他的思绪被一种奇怪的冷静占据。他不知道自己是睡了一天，一周，一年，十年，还是更久；他也不知道是否大家都如计划的一样顺利；他更不知道他们已经到达目的地，还是仍在途中。他不记得自己做过梦。离开空间站就像是来自童年的遥远记忆，是一件紧张、刺激的事情，然而更多的细节他就不确定了。此刻，他只确定一件事：他还活着。

阿里先试着动了动双手，接着伸了伸腿，他可以自由地转头了，这让他松了口气。但是有某种东西紧紧地缚在他的腰间，他不禁想到了被针刺穿制成标本的昆虫，幸好，他的双手找到了皮带扣，像解飞机上的安全带一样轻松地打开了。与此同时，他感觉到自己的身体像蝴蝶一样飞起来了，他还处于失重状态，这说明他们还在太空中的某个角落。

阿里下意识地掏了掏口袋，但是马上又收回了手，并且嘲笑自己的愚蠢。紧贴皮肤的连体衣上根本没有口袋，而且他也没有手机能够用来查看时间、日期或者年份。他看向四周，准备从他所看到的东西中得出结论。一个，两个，三个，四个玻璃舱，其中有两个是敞开的，除了他自己的之外还有另一个。他记得乔尼的位置在他的旁边，而他旁边的玻璃舱还是关着的，所以另一个是玛丽或者奥利维亚。

他的意识仍旧有点模糊，怎么也想不起当初登上飞船时玛丽躺在哪个玻璃舱里。总之他们中间有一位醒过来了，或者说被唤醒。客舱内只有阿里一个人，所以另一个人一定在驾驶舱或者货舱。阿里猜测是在驾驶舱。

狭窄的过道通向前方的驾驶舱，以及旁边附带的小实验室。一个想法突然涌入阿里的脑海：谁说过，第四个玻璃舱里躺着的就是玛丽呢？就算奥利维亚是这么说的，也许女孩根本没有和他们一起出发。奥利维亚的意思十分模糊，让人很难猜透。真相永远地留在身后遥远的地球上了。

阿里谨慎地拉开驾驶舱的门，他隐约分辨出驾驶位上有个人影。这也可能是一种错觉，闭着眼睛睡了那么久之后，他还需要点时间来适应用眼睛看东西。大脑已经忘记了如何处理接收到的信息，因此他的视野时而很清晰，时而又很模糊。阿里向前移动得更近些，此刻的他希望手里拿着某种……武器。他被自己的想法惊到了。他为什么会这么想呢？他为什么会想到武器？在这飞船里用武器能做什么呢？飞船只要破了一个洞，一切就都完蛋了，阿里当然明白这个道理。

阿里看见一只手正搭在驾驶位的扶手上，一只普通的人类的手，十分娇小。阿里现在十分肯定，他之前看见任何人的手从未如此高兴过。

“它当然花费了一段时间。”玛丽说道，她并没有特意看一眼阿里。显然，并不需要，玛丽当然知道男孩长什么样子。人的相貌在几十年内不会发生很大的变化，尤其是当他们在太空中，相貌更是不会改变了。

“什么花费了一段时间？”阿里还很迷糊，无法正常理解事情。

“你的苏醒，它持续了一段时间。”

“多久？”

“一个月。”

“哈？”

“但是当我……”阿里回头望向来时的方向。所有关于溺水、大海、黑暗的记忆都回到了脑子里并再次消逝。一个月。他竟然用了整整一个月的时间才苏醒过来。这是快还是慢呢？

“那个……现在几点了？”

“你在讲笑话吗？”玛丽的声音十分冷淡。

“没错，这是我新生命的第一个笑话。”

“一点也不好笑。”

“没办法，我现在只能用一半大脑思考，另一半还在恢复期。”

这时，阿里反应过来他应该透过驾驶舱狭窄的窗口向外看一看。窗外的景象几乎让阿里才恢复工作的心脏停跳。在他们的面前、头顶，以及两侧舞动着电动帆展开的闪闪发光的电线。他们就像是穿梭在流星雨中。从飞船两侧的窗户向

外看又可以看到另一番景象，像是有彗星拖着自己长长的尾巴护卫在他们的两侧。平塔号与尼尼亚号。想到这儿，阿里顿感轻松。他们并不孤单。

“我不知道这些亮亮的东西是不是和我们一起的，但是它们看起来挺酷的。”玛丽像是读懂了阿里的想法一样开口说道。

“为什么不是？”

“因为现在显然有个地方发生了错误。”玛丽转动椅子朝向阿里。女孩的脸色十分苍白，眼神很严肃。她看起来像是刚刚哭过。一种突如其来的责任感在阿里体内苏醒，他伸出手想要安慰女孩。女孩重重地将阿里的手推向一边。

“不要！我可不需要任何安慰，不过等会儿你就需要了。”

“什么意思？”

“我想，我们都会死。”

阿里张嘴想要说些什么，然而女孩认真地竖起一根手指。

“这不是开玩笑，我的意思是，我们很快就要死了。”

“为什么……你怎么……”阿里的视线扫过驾驶舱里一百个显示屏，上面闪烁着五颜六色的光，以及飞快地掠过各种数字。他将视线集中在其中两块较大的显示屏上，一块上面显示的是雷达图像，另一块上则只有不停变化的数字。阿里试着去深入思考，但是他想得越多，头越痛。他不知道女孩到底是什么意思。

“大概在两个月前我就被唤醒了。从那时起我就在努力弄明白原因。”

“也许我们马上要到目的地了？”阿里建议道。

“我一开始也是这么想的。”

“但是？”

“我们还没到目的地，这一点我还是知道的。”

玛丽示意阿里看另一块显示屏，上面有一串不停变化的数字。

“这代表的是我们的旅行时间，以秒为单位。”

“好长呀。”

“13 063 680 000 秒。大概是 420 年。”

阿里下意识地看向四周，他想要找面镜子，或者是反光的平面。一下子知道自己竟然已经四百多岁了，这个信息让他有点难以消化。

“别怕，你看起来和以前一样年轻，甚至连胡子都没长。”玛丽安慰道，“多年来，机器一直使我们的身体器官处于停滞状态。”

“420 年。这是地球时间还是太空时间？”阿里试图回忆当初训练的时候所学到的东西。宇宙飞船的移动速度十分快，所以它的时间与地球上的时间比起来，要慢很多，也就是说……阿里的头又开始痛了。

玛丽耸了耸瘦弱的肩膀。

“但是……如果时间已经过了这么久……”

四百多年。他们几乎睡过去了半个千禧年。这让人难以置信。阿里混乱的脑袋无法理解这个信息。

“这不算什么，”玛丽用不带任何感情的声音说道，“打个比方，就像是我们刚刚把家里的大门关上，另一只手还留在门把手上。”

阿里干笑了一声。玛丽并不明白许多事情，她早在其他人还在空间站时就已经被麻醉了。

“听着，这艘飞船正以不可思议的速度行驶。差不多 150 千米 / 秒。1 秒 150 千米！你可以设想一下，7 秒就能飞过整个芬兰或者挪威。”阿里像给小孩子解释一样对玛丽说道。

“299 792 458。”玛丽念了一个数字。

“哈？”

“这是第二次。”

“什么？”

“你已经是第二次说‘哈’。你是打算一直重复这个字吗，旅程还长着呢。”玛丽叹了口气说道，“那是光速，每秒大约 300 000 000 米，是这艘飞船速度的两千倍。”

“哈……所以呢？”

“按照光速行驶的话，从地球飞往开普勒要花费 1200 年，按照飞船现在这个速度行驶的话要花费的时间是 1200 年的两千倍。最后的答案有太多零了。事实上，我之前搞错了，我们现在连家里的门槛都没有迈出去，还在门厅呢。但是我们现在就被唤醒了，所以一定是有个地方发生了错误。”

阿里和玛丽不约而同地看向窗外无边无际的太空。黑暗中，飞船的触手闪闪发光。

# 第十四章

雷达显示屏上出现了一种跳动的不规则图案，位于屏幕中心点的上方，只有一角钱硬币的大小，它周围的区域则是一片空白。

“它变大了。”玛丽说道，“我一直在研究它，起初很难从屏幕中注意到它，现在则是根本无法忽视了。”

“是它变大了还是我们越来越接近它了？”

“我们一直朝着它行驶。”

“但是它到底代表着什么？”

玛丽没有回答。

“四百多年。按照地球时间算的话会更长，也就是说不止四百多年。那么现在地球还存在吗？”阿里的大脑正拼命抵制着这种想法，他拒绝思考这些问题。然而……如果他们几个是仅剩的人类呢？

“我们再梳理一下到目前为止所有的信息。”玛丽提议道，“首先，机器把我唤醒。”

“停。为什么只有你被唤醒？为什么不是奥利维亚？她可是我们整个队伍的负责人。”

“我不知道，我只知道系统唤醒的人只有我。这肯定是为了整个团队的安全考虑，提前就已经设置好了的，无论什么时候，叫醒我都是最佳的选择。”玛丽说道。

“也就是说，你比奥利维亚还重要？”

“大概是这样。”

“那我呢？”阿里非常惊讶，“我也比奥利维亚重要？”

“并不是。”

“哈……好吧，那为什么？”

“是我唤醒的你。”

“哈？”

“我需要有人陪着我。监视器里我能看见你们所有人，然而我不想让那个小屁孩，抱歉，你的弟弟来陪我，也不想让那个扎了我一针的坏女人醒过来，所以，你是我选中的幸运儿。”

“好吧，谢谢。”阿里闭上了眼睛，他有些疲惫，为了从噩梦里醒来，他就像四百多年没有睡过觉一样。

“事实已经很清楚了，机器叫醒了我，然后我叫醒了你，然而我们距离目的地还很远。所以，很明显，有个地方出错了，很严重的错误。雷达图像上出现了奇怪的图案，我们正向着它的方向驶去。”

“还有这些。”阿里用手戳着 GPS（全球定位系统）图像屏幕。

“这是什么……”玛丽凑上前去看阿里手指扫过的地方。没错，屏幕的下方出现了一些不停闪烁的光点，像是一群萤火虫飞过。

他们下意识地同时看向窗外，然而发亮的电动帆附近只有一片黑暗。

“平塔号和尼尼亚号上有人醒过来了吗？他们怎么样了？”阿里问道。

玛丽摇了摇头。

“我当然尝试过联系他们，但是没有收到任何回应，就像是整个宇宙只剩下我们一样。”

“这到底是怎么回事？你的苏醒是一开始就计划好的还是中途发生了什么没有预料到的变化？”阿里皱了皱眉，不时地咬着下唇。

“不要这样，”玛丽突然说道，“这不适合你。”

“什么不适合？”

"思考。"

"好吧，思考一定很适合你。你是为思考而生的，毕竟你是如此的……如此的……"阿里为他无法找到更机智的回复而感到烦躁。不过，思考确实不是他的强项，即使是现在他也更想要行动，比如手里抓些什么……等一下！

"你为什么在这里？"阿里问玛丽。

"因为我想，从小到大只要我想要的都会努力去得到。有的时候必须小心点我的愿望，它们总是能实现。"

"不，我的意思是你的特长是什么？你最擅长什么？"

"我？"玛丽的脸上闪过困惑的神情。她的特长……撒谎？不算。擅长看透别人的谎言？也不是。天生的领导者？会织毛衣？"我擅长射击。"终于，玛丽松了口气，"给我一个勺子我也可以用它射击，无论是什么都可以。这个天赋蕴含在我的血液里。"

阿里点了点头。玛丽的话如雨点般落在阿里的心上。射击是玛丽唯一的特长，而机器选择把她唤醒，这只说明了一件事：玛丽一会儿需要使用她的特长。屏幕上的光点越来越大，同时变得密集起来。

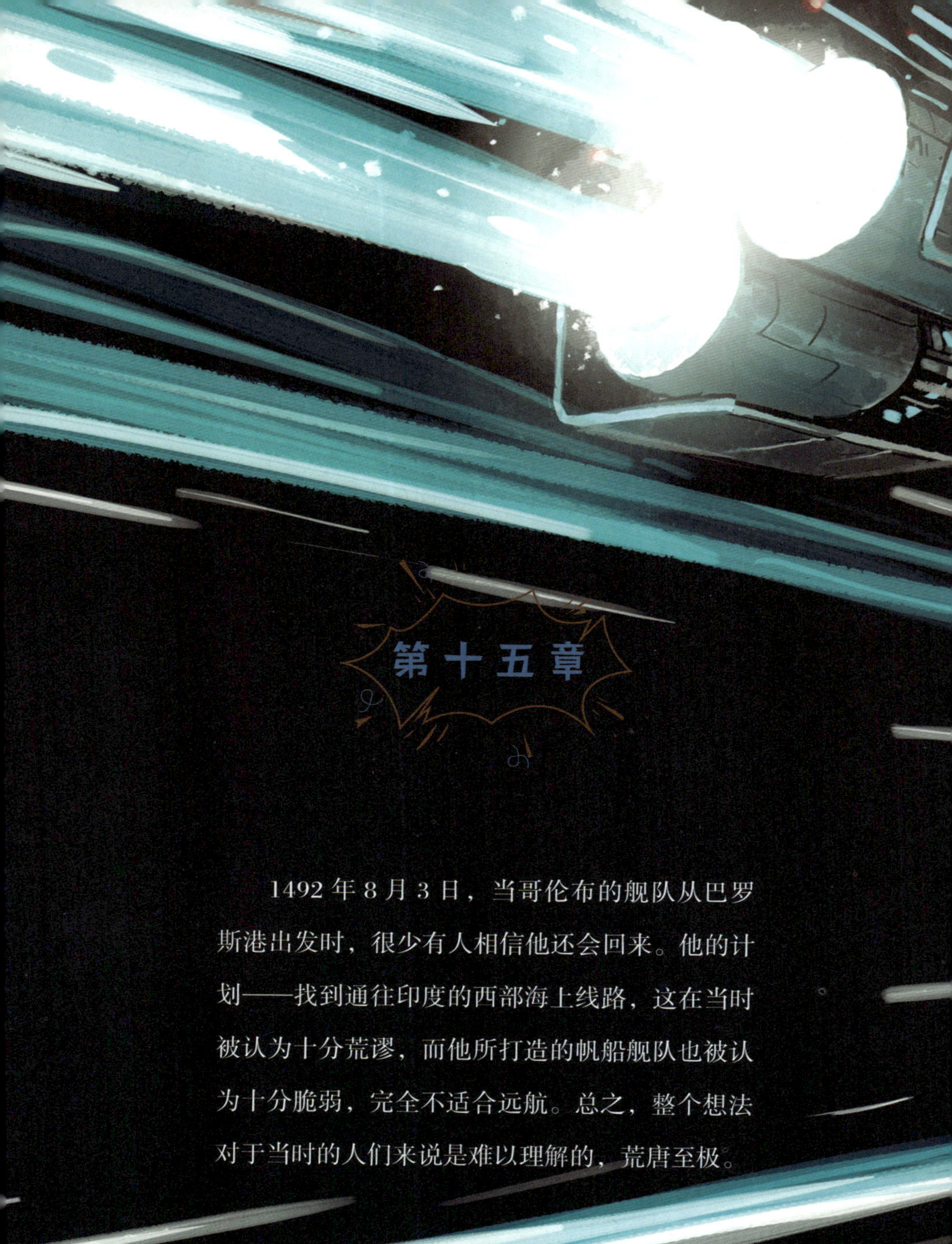

# 第十五章

1492 年 8 月 3 日，当哥伦布的舰队从巴罗斯港出发时，很少有人相信他还会回来。他的计划——找到通往印度的西部海上线路，这在当时被认为十分荒谬，而他所打造的帆船舰队也被认为十分脆弱，完全不适合远航。总之，整个想法对于当时的人们来说是难以理解的，荒唐至极。

圣玛利亚号、平塔号和尼尼亚号在未知的宇宙中穿梭。它们以令人难以想象的速度，伸展着发光的触手划过黑暗，在这片之前从未有过任何生物到访的太空里航行。然而，它们的速度与整个旅行的路程比起来仍旧是微不足道。到达目的地所需要的时间超乎了人类的想象，三艘飞船正向着目的地全力前进。

很明显，他们的前方有着某样东西。雷达屏幕上的光点在过去的几天内不断扩大，像是长大的变形虫一样。也许几天之后，最多一周内，他们就会知道前方到底是什么，然而那时候再采取措施已经来不及了。等待期间玛丽和阿里将整艘飞船从驾驶舱到货舱做了透彻的研究。他们没有找到任何奇怪的东西，所以如果队伍中真的多出来神秘的第十三个玻璃舱，它一定被放到其他两艘飞船上了。

“你见到的多出来的玻璃舱和其他玻璃舱是完全一样的吗？”玛丽问道。

阿里点点头。玛丽尝试着调取自己的记忆，她想起来一个小小的天使般的生物，以及另一个十分可怕的生物，看起来就像是一只巨大的绿色昆虫。那是低语者。她不知道，低语者能否和他们一起躺进玻璃舱里，事实上，她已经记不清低语者的外表了，然而低语者的声音仿佛已经刻在她的脑海里，让她无法忘记。谜语。不安感。她需要费一番功夫整理自己的大脑，将低语者的话从大脑深处清除，彻底忘记黑暗的感觉。

他们所乘坐的飞船并不是正规的战舰，每一艘飞船的武器库里只有六枚核导弹。玛丽已经弄清楚了导弹的瞄准和发射机制，以及如何在圣玛利亚号上操控其他两艘飞船的导弹，对她来说，这些就已经足够了。

“那些会是其他星球的飞船吗？”阿里盯着雷达屏幕说道，屏幕上的光点比之前还要密集，并且越来越大。

“你的意思是，这是外星人的舰队？而我们必须和他们战斗？”

“唔，差不多吧。”

“我不相信。我打赌，它们只是小行星群。”

“小行星群？”

“没错。你看，我们正朝着一片黑乎乎的区域驶去，但是中间有些本不该存在的东西将路堵住了，我们必须把它们除掉。”

“这就是小行星群？”

“或者是别的什么，反正差别不大。”

“那么那片黑乎乎的区域是什么？”

“我也不知道，也许是黑洞吧，到时候会把我们一口吞掉，哦，对了，如果在此之前小行星群没有把我们毁掉的话。”玛丽紧张地笑了一下。

他们如过去的几个小时一样又开始专心地研究雷达图像。它们由中间最大的一颗小行星，以及附近无数体积较小的小行星组成。

“你能瞄准那里吗？”阿里怀疑地看着飞船周围的区域，无论是在雷达图像上还是肉眼可见的视线中，他们的飞船周围都是一片空旷。

玛丽打开了武器系统，输入了一串指令。屏幕上立刻出现了网格，网格中央有一个移动的红点。她轻轻移动控制台上的一根手杆，然后同时按下两个按钮锁定瞄准位置。

“呜呼！成功啦！”她最后欢呼道。

“你做了什么？你还没有发射呢？”阿里着急地问道。

“我将导弹瞄准中间最大的那颗。系统会自动地对其进行追踪定位，规划路线，一直到我发射导弹或者它……撞上我们的飞船的时候。”

“好吧，”阿里盯着屏幕中的红点，就像是它会告诉他们解决问题的方案，“你想……”

“不，我什么也没想，我也不知道我一旦发射导弹，会出现什么样的结果。它们也许是由石头组成的，也许是冷冰冰的冰块。要是用大锤子砸向石头和冰块，会发生什么？”

“会碎。”阿里答道。

“会碎成一块一块的。这是我们想要的结果吗？这样的话朝我们飞过来的碎块数量会比之前还要多好几倍。”玛丽顿时看起来很无助。

“或许事情不会这么糟糕，即使雷达图像上显示着一群小行星聚集在一起，然而实际上，在宇宙中它们之间的距离有可能是数十、数百甚至数千千米。我们完全可以一边躲避它们一边前进。”

“这不可能。要知道我们的飞船是靠电动帆带动前进的。我的爸爸每年夏天都会拖着我去玩帆船，这是我们俩唯一的共同爱好，或者说是爸爸的爱好，我的噩梦……总之，帆船，尤其是大型帆船在转弯的时候并不是特别灵敏。所以我觉得，就算是我们知道怎么操纵飞船的船帆，也做不到躲避这么多的小行星，而且，除此之外我们还得弄明白如何同时操纵另外两艘飞船躲避障碍。”

阿里本打算仔细地思考一下这个办法，然而这中间的关系太复杂，他的脑子实在是转不过弯儿来。他试图将这个想法拓展到一个更容易理解的情景里。夏天的时候他经常和朋友一起踢足球，有人把足球踢到了又臭又脏的水坑里，谁也不想过去捡球，所以他们……

“我们必须将导弹瞄准这颗最大的小行星的旁边。”阿里冷静地说道。

“旁边？”

“没错。扔进水里的石头会激起一层层波浪，从而使足球移动。小行星就好比足球，导弹就是石头，而导弹爆炸产生的冲击波就是能够推动足球的波浪。”

“你疯了吗？”

“希望没有。我们不需要用导弹炸开那颗最大的，我们只需要改变它的运动方向。”阿里的语气十分坚定，他相信自己是对的。

“但是……如果我们这样做了的话，旁边那些小的小行星怎么办？它们会怎样？”

“也许它们会像现在这样继续跟随着那颗最大的运动，小行星之间一定有特定的引力关系，才能维持现有的队形。”

说完后，阿里咬了咬嘴唇。这个办法感觉很明智，但是事实上阿里一点也不确定他是不是正确，或者说他的思维是否在正确的轨道上。

“你能将导弹锁定在那颗最大的小行星旁边爆炸吗？”

“旁边？当然不能了！旁边什么也没有，系统怎么自动规划路线进行瞄准呢？”玛丽嘟囔道。

“既然这样你就得手动操控导弹发射了。”

玛丽用看怪物一样的眼神注视着阿里。她瞥了一眼屏幕，以及旁边站着的男孩，男孩看起来显然不知道自己在说什么。玛丽当然擅长使用各种类型的武器。现在，她必须在以每小时 500 000 千米的速度行驶的飞船上，向那颗最大的小行星的旁边位置操控发射导弹，与此同时，那颗小行星正以至少相同的速度朝着他们冲过来，且被一群大小不一的小行星包围在中央。这听起来很荒谬，不可否认，这是个艰难的挑战。

玛丽已经在显示屏和控制台旁边连续坐了 18 个小时。她拒绝了阿里提供的营养液（烤鸭口味和米饭口味的，分别放在不同的袋子里，但是从外表看没有任何区别），只喝含有大量盐分的水以保持清醒的意识。她疯狂地想念比萨饼和冰镇可乐。而他们马上要做的事非常重要，只能成功，不能失败，一旦失败，付出的代价会是她的生命，以及他们的生命。

时间越来越紧迫了。玛丽知道，一定存在这样的一个时间节点，在那之后发射的导弹无法影响小行星群的运动路线，问题是，她并不知道这个至关重要的时间点什么时候会来，不过她猜测，它很快就到了，如果他们之前没有错过的话。飞船的电脑系统当然能够计算时间，但是玛丽对此了解得不是很多，所以无法输入指令。总之，在此之前一切都是这样规划的：飞船会将他们送到目的地，玛丽则被训练学会使用武器系统，并不包括其他的东西。

他们也曾考虑过唤醒奥利维亚，但是这要花费一个月的时间。事到如今他们再也没有一个月的时间来等待奥利维亚苏醒了。时间是相对的，他们的旅程甚至会持续上百万年，就连他们身处的宇宙也是几十亿年高龄了，但是现在留给他们的时间却很少。

“我做不到。”玛丽抱怨道，“它的运动速度实在是太快了，而且距离十分远，还被其他体积较小的小行星包围起来。此外，我甚至不知道，要想改变它的运动方向到底需要发射多少颗导弹。”

“我们当然不会知道这个了，你觉得把所有导弹都发射出去怎么样？”

“问题是每艘飞船上都有 6 颗导弹，所以要想发射所有导弹，我必须有很多只手才能同时操控。”

“我可以帮你，当初我和乔尼玩《开普勒 62 号》游戏的时候就是合作进行的，乔尼充当眼睛，我负责感知。”

“那我们也只有四只手，除非……你多长了十几只手，被你偷偷藏了起来。”

“当然不可能了。”

“好吧，”长长的静默之后玛丽再次说道，“四只手足够了。”

女孩指了指旁边的椅子，阿里走过去坐下系好安全带，并认真地看着玛丽启动电脑上的模拟程序，紧接着，显示器屏幕的下方出现了许多具有 3D 效果的石块朝两人袭来。

“我们必须操控导弹躲避这些小的，然后接近中间这颗大的，之后在同一时间同一位置引爆导弹。”

玛丽看了一眼身旁的阿里，阿里严肃地点头，手中紧紧握着操纵杆。

“就是现在。”玛丽说道。

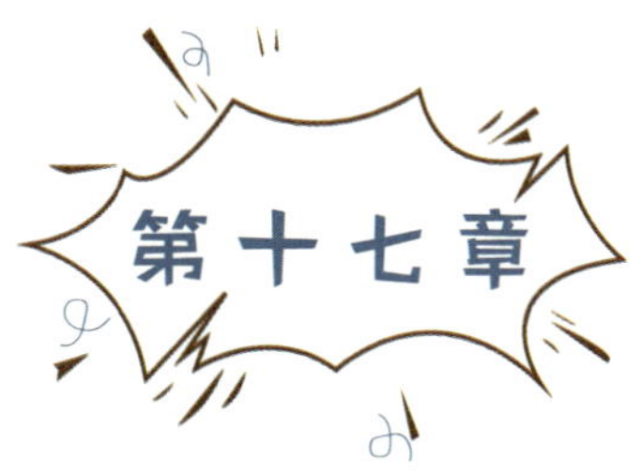

# 第十七章

阿里无助地看着他发射的导弹一个接着一个飞向了错误的目标并提前爆炸。屏幕上霎时间出现了成千上万块碎片，眼前也卷起了浓浓烟尘。

“任何一块碎片都可能毁了我们。”玛丽静静地说道，同时松开手中的操纵杆。

玛丽已经有三次成功地模拟操控导弹来到那颗最大的小行星附近引爆，然而阿里却一次也没有成功过。

“你可能需要唤醒乔尼来代替我做这件事。”阿里说道。

“我也这么觉得。”玛丽不带任何感情地说道。玛丽冰冷的声音让阿里觉得自己的处境更加凄惨了。他是失败者。他仍旧不知道这趟旅程他会起到什么作用，什么会是他的特长呢？每个人都有擅长的事情，大家都这么说。他擅长搞砸一切。

“停下。”玛丽突然说道，她的脸色苍白如纸，因为过度疲惫眼睛变得猩红。

“停下什么？”阿里生气地说道。

“你的忏悔，这一点用也没有。”

他们甚至已经能够从飞船的窗户中看到迫近的危险了。他们无法用语言描述自己看到的景象，但是他们都感觉到，某样东西离他们越来越近了。

GPS 屏幕早就已经变换了颜色，现在，显示屏上出现了计时器，正以秒为单位计时：

**565200，**

**565199，**

**565198……**

“离我们与小行星群相撞还有六天时间。”玛丽换算成小时后，迅速地得出结论。

阿里在一旁很安静，他将脸埋进手心里，趴在面前的控制台上。

“你听见了吗？”

没有回答。

“停下！难道你还不知道，因为你的愚蠢我们都会死！你这个芬兰人，赶紧振作起来！”

终于，阿里给出了回应。他抬起头，眼里仍有泪光闪烁，但是他并不打算拭去眼角的泪水。

“我不是,”阿里冷静地说道,“我不再是芬兰人,正如你也不再是挪威人,这都已经停留在过去了。我们现在代表着所有人类,甚至有可能是宇宙中仅剩的人类。只是人类。”

玛丽打量着男孩,男孩倔强地回视,之后他转过头,关闭模拟训练模式,将导弹做好发射准备。

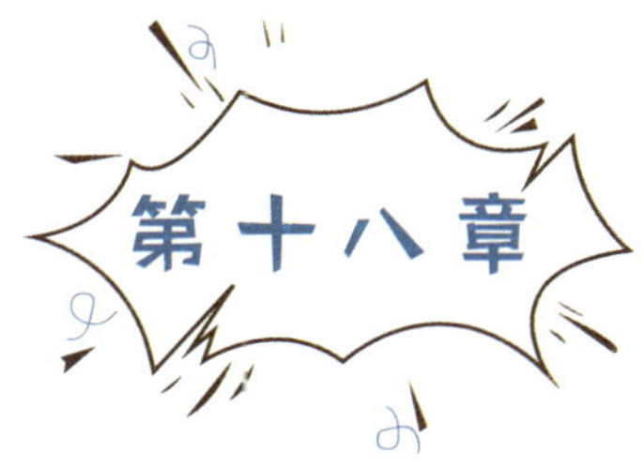

# 第十八章

“发射！”

显示器昏暗的灯光下映射出两张苍白的面孔。两双红通通的眼睛紧盯着眼前的屏幕，四只手牢牢地握住操纵杆。屏幕上，代表导弹的红点正离开他们的飞船以飞快的速度向着前方飞去。两颗导弹是从圣玛利亚号上发射出去的，还有两颗是从位于他们左边的平塔号上发射出去的。这是他们共同的决定，因为他们不想过多浪费自己飞船上的导弹。或许将来他们还会用得上呢，如果旅程还会继续下去呢，尽管现在看来希望不大。不过人类总有在绝境看到希望的本领，尤其是当希望根本不存在的时候。

握着操纵杆的双手没有丝毫颤抖，尽管驾驶舱内的空气冰冷又干燥，阿里仍能感觉到大滴的汗水流进了眼睛里。他无法将手从操纵杆上移开，只能眯着眼睛，不时地用力挤两下。

他们已经两天没有睡觉了，然而他们并没有感到疲惫。

阿里想起来乔尼，是不是应该也唤醒他呢？在人生最后的这段时间里，和弟弟一起度过的话会不会更容易些？他微微地摇了摇头，没有将视线从显示屏上移开。还是不要叫醒乔尼了，就这样让他幸福地沉睡，不需要直面即将到来的危险，如果最坏的情况发生了，他也只是进入另一段长眠而已。这让阿里感到一丝安慰，他的人生中终于做出了一个正确的抉择。他认为自己有责任保证所有人无论发生什么都待在飞船上。

导弹已经从他们肉眼可见的范围中消失，它们的速度要比飞船的速度快许多倍，估计几个小时之后，就会抵达小行星群。现在他们只需要保持清醒，集中注意力以及……活着。

奇怪的是，现在的状况让阿里想起了小时候全家一起驾车出行的经历，那次出行也是私家车被全面禁止使用之前的最后一次。那是一个秋天的夜晚，他们一家开着车子行驶在回家的路上。爸爸和妈妈坐在前排，他一个人坐在后排，那个时候乔尼还没有出生呢。他仍旧清楚地记得窗外黑漆漆的夜晚，以及车内仪表盘发出的微弱光芒。他的脑海中还储存着父亲坚毅的面庞，迎面而来的汽车照明灯时不时将父亲的脸庞照亮。无论何时想起这段经历，阿里总有一种安全感。他们一家在黑暗中向着家的方向奔去，这正如现在的他们坐在飞船里，身处黑暗的太空，向着未知的目的地航行。

阿里看了一眼玛丽，他在犹豫自己是否应该说些什么缓和气氛的话。但是现在任何语言似乎都失去了意义。如果他们是宇宙中仅剩的人类，不久后他们的生命也会宣告结束，那么这一切对他们来说有什么意义呢？阿里攥紧了手中的操纵杆，害怕眼前会突然出现大片的小行星。他感觉到一只手轻轻落到了头顶，妈妈，这是他的第一个想法。“妈妈来叫我起床，我要去上学了。”“一切都很好。”

“到时间了。”玛丽的声音听起来格外温柔。

突然间，阿里完全清醒了。

“你竟然让我在这时候睡着。”他叫道。

“一小会儿而已。这能让你恢复精神，毕竟现在需要你集中所有的精力。”玛丽像是和小孩子说话一样。

阿里看着显示屏上的红点已经接近了小行星群，玛丽打开导弹上的摄像头，它传过来的画面可以帮助他们操控导弹运行到正确的位置。

“玛丽……”

“顺其自然吧。”

# 第十九章

一开始，飞来的小行星只是少数，所以可以相对容易地操控导弹躲避它们。通过之前的模拟训练，阿里对此已经很熟悉了。不过最害怕的就是小行星突然从黑暗中飞出来，出现在摄像头前，这时留给阿里的反应时间只有百分之一秒，并且没有任何犯错的余地。

阿里试图清空脑袋，他试着让自己回到与乔尼一起玩游戏时的状态，那时他不需要用眼睛看便能专心地感受到黑暗中的任何风吹草动。他停止思考，冷却自己的神经，虽然睁着眼睛但是视线中似乎空无一物。周围的一切都消失了，他不存在于任何地方。

玛丽则放松地坐在椅子上。她目标明确地移动着手指，没有任何多余的动作。她有一种感觉，自己仿佛正在指挥着一个叫玛丽的机器人，而她的灵魂则处于所有事物之外。眼前的工作让她感到很有意思，但是这并不是特别重要。

导弹已经来到了小行星群的内部，在这里，小型的小行星更多了，所有的一切似乎都发生在快进播放的电影里。

阿里移动着手杆——躲避，下面，再躲，上面，侧面，他不禁满头大汗。他的手指似乎直接与视觉神经相连，他能够感受到！他在小行星从黑暗中飞出之前就能感受到它们的存在，就像是当时玩《开普勒 62 号》游戏一样。他甚至感觉到乔尼此刻就在他的身边。就在这时，他感到一阵兴奋，因为他终于知道了自己为什么会被选中。就是为了现在！为了拯救他们所有人！他们一定会活下去！

“你的第二颗导弹已经脱离轨道了！”玛丽的声音如平地一声雷般响起。

阿里的思绪变得混乱起来，坚定的感觉消失在冰冷的太空中。他的左手无法像右手一样快速地操作，左手操控的导弹已经脱离了路线，并没有向着中间的那颗小行星飞去，而是朝着小行星群边缘飞去。不管他怎么尝试都无法找到合适的时机以及位置将导弹重新引导回正确的路线上。

“就这样吧！”

阿里觉得自己的身体分裂成了两半，他的一只手正操控第一颗导弹向着中心飞去，另一只手则试图挽回第二颗已经脱离路线的武器。

“在那儿！”玛丽喊道。

黑暗中出现了一个看起来十分结实的巨大无比的石块，这就是最中心的那颗小行星了。

“3，2，1，引爆！”

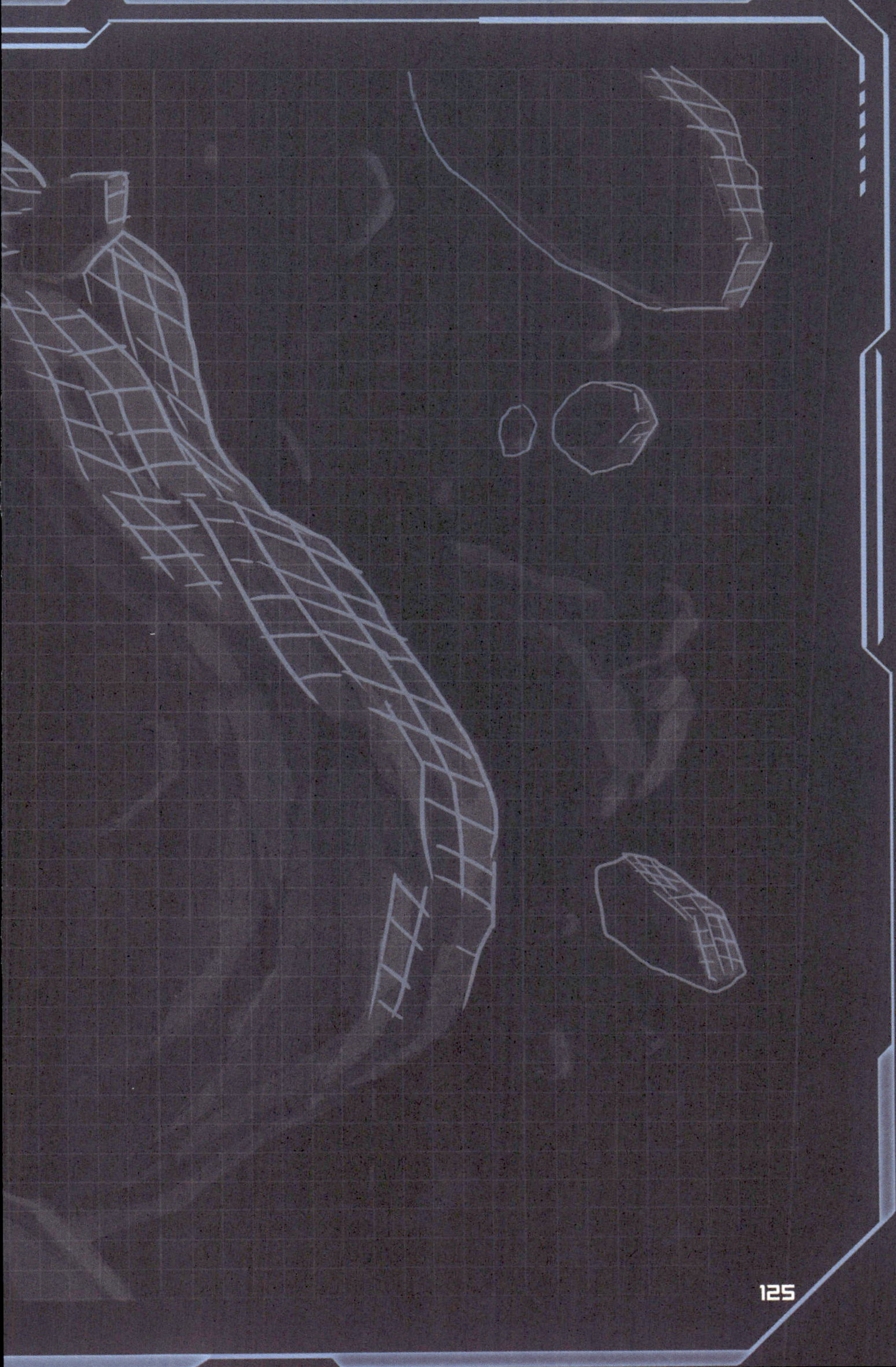

霎时间，他们的眼前绽放出无比刺眼的光芒，就像是来自远方的闪电落在他们的面前。一枚导弹的威力抵得上上千枚原子弹爆炸，而当不止一枚导弹同时在那颗最大的小行星附近引爆时，黑暗的宇宙立刻被照亮了一半。紧接着，他们就发现了远处一束比其他光芒要弱一些的闪光。

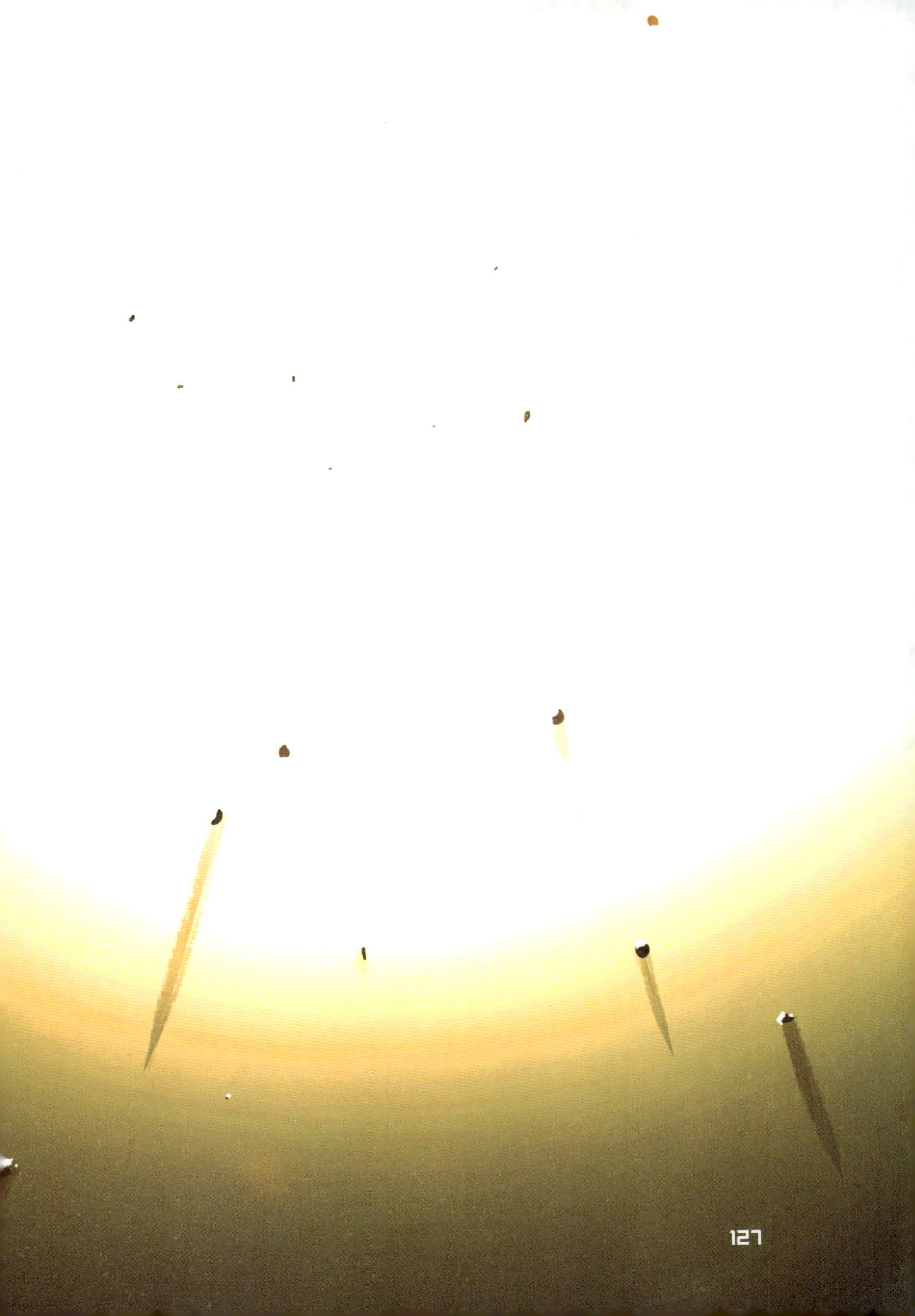

玛丽飞快地转头看向阿里，阿里的脸色十分苍白。

“是那枚脱离路线的导弹，我让它在小行星群外爆炸了。”

“为什么？你本可以就让它这样消失在太空中，根本不需要引爆它。”玛丽不解道。

“我也不知道……我……只是不想它就这样飞走。你觉得，这会惹麻烦吗？你觉得，它……”

玛丽什么也没有说，她已经睡着了。

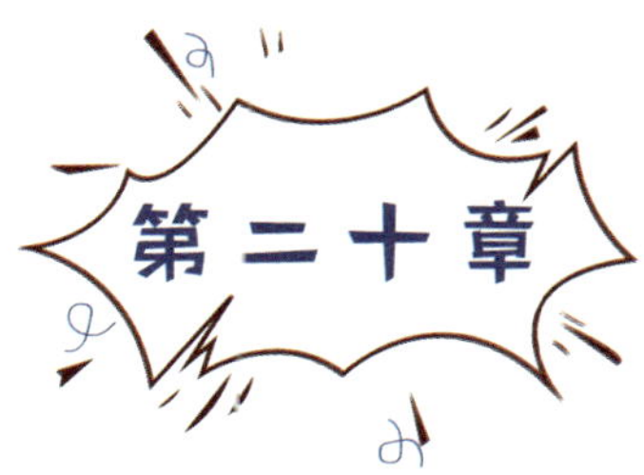


他们不得不再等五天才能来到小行星群所在的位置，这期间玛丽和阿里都没有说太多的话，两个人先是睡了一天的觉，醒来后便一直在旁边紧张地盯着雷达屏幕。

起初看起来他们失败了，扔向水中的石头并不够大，没有激起威力足够大的波浪来推动足球。到了第三天，他们看见了希望的火花。

“我没有说这一定是真的，但是我感觉……”阿里自言自语道，又像是在等待玛丽的回应，但是玛丽什么也没说。

离第五天还剩下不到 24 个小时，他们已经十分确定，某种变化发生了。小行星群的运动方向发生了改变，偏向他们的右侧。他们不再是正对着小行星群中心的方向驶去，但是他们不禁担心，路线的改变足够让他们安全通过吗？对此，他们却并不确定。

“如果我操控的第二颗导弹没有脱离路线的话，小行星群的运动方向会改变得更大一些。”阿里打破了沉默。

玛丽还是没有任何反应。

“如果……这一定是我的错。”

“你至少让一颗导弹到达了目的地，这总比我一个人做这件事要好得多。”玛丽最终说道。

阿里点了点头，但是他看起来仍旧很难过。

“玛丽，你当初在训练营到底看到了什么？为什么他们要提前把你麻醉并关进玻璃舱里？”

玛丽看了一眼旁边坐着的男孩，她似乎想起了什么可怕的东西，眼中浮现出一丝惊慌，像蚌一样抿紧自己的嘴唇。

他们并排沉默地坐在一起，面前的两个显示屏上均显示着不停跳动的数字：一个代表着他们已经旅行的时间，另一个则代表着他们离与小行星群“相撞”还有多久。一个代表着时间的流逝，另一个则预告着一切的终结。

“我知道答案。”很久之后，阿里开口道。

“什么答案？”

“那个谜语。”

“璀璨的星光后，低矮的山坡下，它填补了缝隙。它游荡在前方，又紧随于身后，让生命与笑声黯淡无光。”

这次，玛丽瞪大了双眼看向阿里。

“你为什么会知道这个？”

“你先告诉我在那里看到了什么。我认为我有权利知道这件事。我们的队伍成员之间不应该有任何秘密。任何一个失误都有可能让别人付出生命的代价，就连一只夹在门缝中间的袜子都有可能毁掉一切。”

“哈？”玛丽疑惑道。

“这次是你说的，可不是我。”阿里提醒道。

玛丽的嘴角露出了一丝不易察觉的微笑，这可能是这么多天以来的第一次。笑容让女孩的脸庞变得温暖起来，就像是在一幅阴沉沉的画作下隐藏着另一幅温暖明亮的画作。然而微笑持续了不到一秒，玛丽的表情又变得严肃起来。

“我仍旧清楚地记得当时传入我脑海的声音。”

玛丽告诉阿里，她在 51 区的地下室见到了两个外星生物的故事。她还着重讲了外表与昆虫很像的低语者，以及她与低语者一起用手指在空气中同步演奏钢琴曲。

“它是我见过的最神奇的生物了，这也是我对于地球的最后一个记忆，实际上，这也几乎是我最后一次在地球上与有生命的物体见面。”

阿里点点头。他全程都很认真地听着玛丽的诉说，但是有很多地方不明白。玛丽见到的会是开普勒 62 号星系上的居民吗？或者是来自太空的其他外星生物？它们一定是来自某个未知的地方。奇妙的是，阿里竟然感到一丝安慰，这意味着他们并不是宇宙中仅存的生命。

“黑暗。”阿里说道。

“什么？”

“谜语的答案。黑暗无处不在。”

此时离与小行星群相撞还有 14 432 秒。

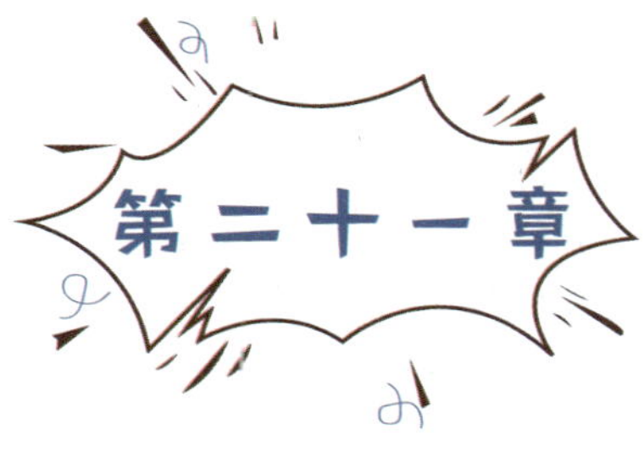


# 第二十一章

持续了整整一周的时间，巨大的小行星群包围着那颗最大的行星从飞船的右侧飞过，拖着火红的尾巴。飞船两侧不时有爆炸的闪光出现，就像是他们正在雷暴中穿梭。整整一周，他们紧张地坐在椅子上等待着小行星群撞上飞船，幸好，这一切都没有发生。第六天的时候，小行星的数量明显减少。第七天刚开始的时候，小行星就完全不见了。他们活了下来。

玛丽和阿里相拥庆祝。真好啊，他们还能触碰到彼此，不过两个人都不习惯拥抱的感觉，他们觉得有点奇怪和……害怕，所以快速地松开彼此，继续看向窗外黑暗的太空。

第七天晚上，玛丽终于明白她看见了什么，更准确地说，她反应过来自己没有看见什么。平塔号的电动帆在他们的左侧如往常一样泛着光，而他们的右侧，本应该闪耀着尼尼亚号电动帆的光芒，现在则是一片空旷。

视线中只有数不清的小行星划过带来的闪光，之前在他们身边陪伴已久的尼尼亚号已经消失了，永远地消失了。

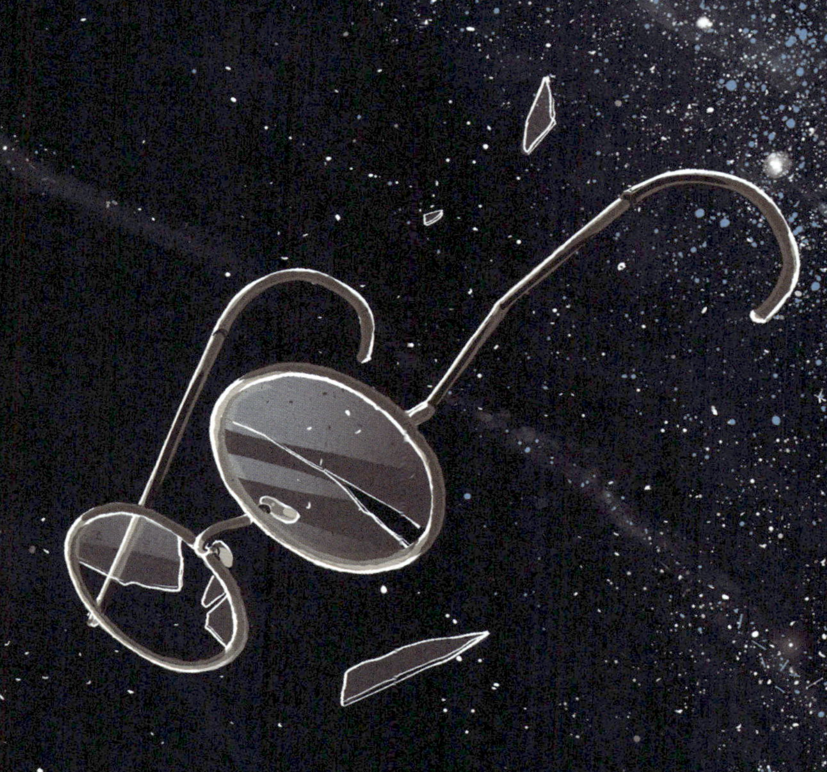

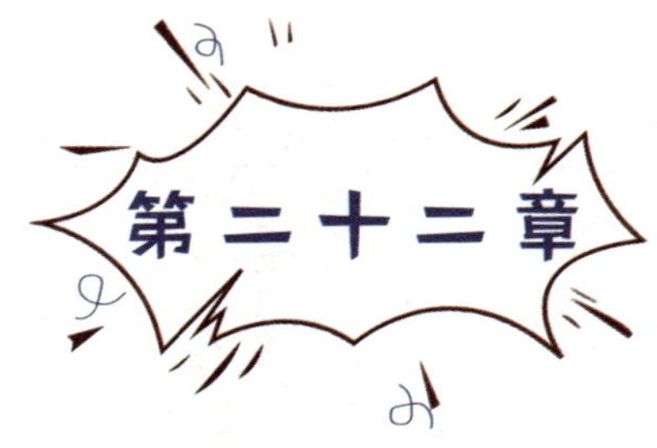


# 第二十二章

“这是我的错。”

“不，不是，这不是任何人的错。”

“如果我做得再好一点的话，尼尼亚号会活下来。”

“我们没办法预料到这一切。”

“我们本可以。”

“不，你已经成功地救了我们，这已经很棒了。正是因为你操控的导弹改变了小行星群的路线，我们和平塔号才活了下来，否则的话我们所有人都已经死了。”

“你只是在安慰我。”

“你知道就好。”

“虫洞？你在说什么？”

“这也只是我的猜测。我认为代表时间的数字与我们知道的时间并不相匹配。”

“虫洞？”

“没错。想象一下，你是一只附在苹果皮上的虫子，如果你想爬到苹果的另一半上，你有两个选择：要么沿着苹果皮的表面爬过去，这个路程更远；要么则将苹果啃个洞从里面穿过去。”

“虫洞？”

“在虫洞里移动的速度比光速还要快。按照现在的速度我们恐怕根本到不了开普勒 62 号星系。在那之前，这艘飞船会被分解成无数次原子，更别提我们了。通过虫洞，我们有可能会成功到达目的地。在这里，时间相当于苹果。”

“是吗？”

阿里将手指放到雷达屏幕上，手指覆盖了半个屏幕，像是有人泼了一杯咖啡在上面。

“如果在虫洞里的话，我们会发生什么？”

“我怎么会知道？”

“我们会来到未来还是回到过去？”

“时间不是这样的，没有未来和过去。”

“这都是你自己的想法而已。我们可以……有没有可能这个计时器在虫洞中倒流然后我们就回到过去啦？”

“有可能。”

“我不想回到玻璃舱里躺着，它像个坟墓一样。”

“你可以只在一边看着。”

“你说得对，我想知道我们身上会发生什么事。”

“这会是一个很长的夜晚。”

阿里攥紧了拳头，让玛丽看着他躺进玻璃舱，然后将自己绑住。

“等等，”阿里回过神道，“这不对，我必须是最后一个躺进来的，我可是男人。”

“谁说的？”

“没有人说过，但是……”

“嘘——”

玛丽将冰凉的手掌贴在阿里的额头上。

“晚安，我的王子。”

“哈？”

# 第二十三章